Aurelia Scheffel

Lodż – Geschichte (n)

Aurelia Scheffel

Lodż – Geschichte(n)

Erinnerungen -
Episoden aus meinem Leben

© 2004 Aurelia Scheffel
Herstellung und Verlag: Books on Demand GmbH, Norderstedt
ISBN 3-8334-1431-6

Inhalt

Vorwort

Oma, du kommst doch aus Lodz in Polen, wo auch Juden und Polen waren. Habt ihr euch da auch gegenseitig totgeschlagen und gehasst wie die Leute im Fernsehen in den Nachrichten?"

Diese Frage stellte mir mein 13-jähriger Enkelsohn im Mai 1999 während einer Nachrichtensendung über den Krieg im Kosovo. Das hat mich sehr nachdenklich gemacht, und ich habe mir vorgenommen, ihm klar zu machen, wie es damals bei uns in Polen wirklich zuging, ehe am 1. September 1939 der Krieg über uns alle hereinbrach.

Da muss ich bis weit in meine Kindheit zurückgehen und nachdenken, woran ich mich noch erinnern kann.

Zu meinen schönen Erinnerungen gehört das Spielen mit allen Nachbarschaftskindern – Polen, Deutschen und Juden – rund um die große Wasserplumpe (Pumpe). Verstecken, Schritte zählen, Hinkepinke und Klingelstreiche in den Nachbarhäusern. Dann die schönen Ausflüge in den Schulwald. Schön waren auch die wöchentlichen Einkäufe auf dem großen Markt in Lodz. Dazu gehörten auch die jüdischen Jadki (kleine aneinander gereihte Läden), die Geflügel, Kalb- und Rindfleisch anboten. Nur das war koscher. Schön waren auch die Besuche bei meiner lieben Oma, deren Liebling ich war.

Zu meinen schlimmen Erinnerungen gehören die Schulbesuche, die Zeit der Arbeitslosigkeit meiner Eltern, der Freitod meiner lieben Oma, der Krieg und die Angst.

1. Episode – 1936

Tam auf dem Berge
tam sedzial zajonc
mit seinen Ohren tak poruchajonc
zebym takie Ohren mial
to bym tak poruchal
wie der zajonk"

Deutsch:
„Da auf dem Berge,
da saß ein Hase,
mit seinen Ohren hat er so gewackelt.
Wenn ich solche Ohren hätt',
würde ich so wackeln
wie der Hase"

So sangen wir Kinder an einem warmen Sommerabend wohl schon zum 20. Mal dieses kleine deutsch-polnische Liedchen. Unsere Eltern saßen gemeinsam auf der abgedeckten Plumpe (Hofbrunnen) und erzählten von alten Zeiten. Sie schmiedeten Pläne für die bevorstehende Hochzeit einer Nachbarstochter. Meine Eltern und wir Kinder waren auch eingeladen. Wir freuten uns schon darauf, denn auf einer polnischen Hochzeit ging es immer lustig zu. Nicht selten endete so ein Fest in einer handfesten Schlägerei, und das war für uns Kinder eine Gaudi. Wir saßen gemeinsam in einer Ecke und lachten uns kaputt. Schade, dass es so schnell vorbei war und die Schläger ihren Ärger mit ein paar Gläsern Wodka begossen.

******

2. Episode – Unsere Plumpe

Die Plumpe war ein Mittelpunkt bei uns Kindern und bei den Erwachsenen ein Treffpunkt. Sie war ziemlich groß und hatte ein dickes eisernes Pumpenrohr, das tief im Boden steckte, einen langen eisernen Pumpenschwengel und eine runde Abdeckung, ca. 3,50 Meter Durchmesser, in Sitzhöhe, aus dicken Brettern. Dort saßen wir immer, um zu quatschen, zu streiten oder Streiche auszuhecken. Wir – das waren fünf polnische Jungen, drei polnische Mädchen und ich, im Alter zwischen sieben und zehn Jahren.

Dann spielten wir unser beliebtes 5-Steinchen-Spiel. Wir knieten alle vor der Plumpe. Vier Kieselsteine wurden vorsichtig auf die Bretter geworfen, damit sie nicht so weit voneinander entfernt fielen. Ein weiterer Stein wurde hochgeworfen, die vier liegenden Steine blitzschnell mit der rechten Hand zusammengerafft und der hochgeworfene Stein musste gefangen werden, ohne den Boden zu berühren. Wer das fünfmal hintereinander schaffte, war Sieger.

Um die Plumpe herum spielten wir „Kriegen", „Schritte zählen bis zur nächsten Hauswand", „Hinkepinke", „Rauf-und-Runter-Springen" und was uns sonst gerade noch so in den Kopf kam.

Wenn wir uns aber auf den Pumpenschwengel setzten, um darauf zu wippen und unter viel Beifall der anderen „hopp, hopp" zu machen, war es schnell vorbei mit lustig. Da stand nämlich unsere deutsche Hauswirtin am Fenster, trommelte mit der Faust ans Fensterkreuz und drohte uns mit Ohrfeigen. Wir flitzten daraufhin schnell hinter das hölzerne Plumpsklosett, schimpften leise über die „baba jaga" (alte Hexe) und grinsten. Aber fast noch schlimmer war es, wenn wir die Bretter mit Kreide bemalten oder mit Sand beschmierten. Da gab es Ohrfeigen von unseren Müttern, die die Bretter schrubben mussten. Da die Plumpe auch unser Trinkwasserlieferant war, musste alles so sauber wie möglich sein. Aber die kleinen Ohrfeigen haben uns nicht geschadet. Am Abend trafen wir uns wieder zu unseren Klingelstreichen und losten die Nachbarhäuser aus, die heute dran waren.

An den warmen Sommerabenden saßen meine Eltern mit unseren polnischen Nachbarn rundherum auf der Plumpe. Manchmal spielte mein Vater auf der Mundharmonika und sie sangen gemeinsam lustige polnische Lieder. Unsere jüdischen Mitbewohner saßen am Fenster und hörten zu. Da wir ja damals noch kein Fernsehen und kein Radio hatten, gab es keine feste Zeit, zu Bett zu gehen. Jeder ging, wann er wollte, mit seinem Sprössling in seine Wohnung und die anderen folgten nach und nach. Ein schöner, friedlicher Tag war zu Ende und alle schliefen tief und fest ohne Schlummerlied. Ja, so war das damals in Lodz in Polen – vor 1939!

******

3. Episode – Zu Ostern hat es immer gekracht

Ja, Ostern war für uns Kinder überhaupt der größte Knaller, im wahrsten Sinne des Wortes. Lustig für uns Kinder waren auch schon die emsigen Vorbereitungen. Am Mittwoch vor Karfreitag wurde in allen Haushalten der Hefestreuselkuchen in Angriff genommen. Das war für uns Kinder ein großer Spaß. Eine kleine Wanne wurde auf zwei zueinander gekehrte Stühle gestellt – und dann ging es los.

Mein Vater krempelte die Ärmel hoch, wusch sich die Hände und wartete auf die Zutaten, die meine Mutter nacheinander in die Wanne tat: viel Mehl, viel Zucker, viele Eier, viel Butter, viele Rosinen und die aufgegangene Hefe.

Wir Kinder, mein kleiner Bruder Egon und ich, schauten zu, wie unser Vater den Teig gut durchrührte, gut knetete und dann „boxte". Das Boxen machte uns besonders viel Spaß! Wir durften auch ein paarmal boxen und vom Teig naschen. Eine Stunde lang musste der Teig so bearbeitet werden.

Die Wanne wurde dann mit sauberen Bettlaken abgedeckt und in die Nähe des Kohleofens gestellt. Dort war der wärmste Platz zum „Gehen". Ehe wir zu Bett gingen, guckten wir noch einmal unter das Laken, ob „er" sich auch „rührte".

Am Gründonnerstag verteilte meine Mutter den Teig auf zwei große Backbleche. Diese wurden mit sauberen Tüchern abgedeckt, aber nicht bevor der Teig mit großen, leckeren Streuseln bedeckt war. Dann ging es zum Bäcker. An diesem Tag war bei unserem Bäcker das große Kuchenbacken angesagt.

Wir begegneten vielen Nachbarinnen mit ihren Kuchenblechen, die auf dem Kopf oder unter dem Arm getragen wurden. Da in unserer kleinen Straße nur ein Bäcker war, wurde es ziemlich eng. Wir Kinder durften natürlich mit und hatten unseren Spaß.

Unser lieber Herr piekarz (Bäcker) begrüßte uns fröhlich und machte mit uns Witze. Schließlich verdiente er an diesem Tage recht gut! Jeder bekam eine Nummer, die auch am Blech steckte. Die hohen Regale reichten fast bis unter die Decke. Dort wurden die Bleche untergebracht. Der Kuchen musste nun nochmals eine Weile gehen.

Am Nachmittag wurde gebacken. Gegen Abend holten alle ihre fertigen Kuchen ab und schauten – jeder bei jedem –, welcher wohl am besten und schönsten „hochgegangen" war. Wir Kinder naschten auf dem Heimweg schon mal etwas von den süßen Streuseln und stritten uns, welche wohl am besten schmeckten!

Dann gingen wir alle nach Hause, um unsere Wohnung zu putzen. Für Karfreitag musste alles blitzsauber sein. Denn das war bei uns „Evangelischen" der größte und heiligste Feiertag. Jedes von uns Kindern hatte seine Aufgabe. Ich als die Ältere musste den Holzfußboden mit grüner Seife schrubben. Mein kleiner Bruder durfte Staub wischen. Am Abend wurden alle in einer großen Holzwanne gebadet – und dann durfte Ostern kommen.

Am Karfreitag ging es mit „Kind und Kegel" zur Kirche – natürlich ohne Frühstück, denn an diesem Tage war „Halbfasten" angesagt. Wenn wir aber auf die Straße kamen, ging der Ärger schon los – wie in jedem Jahr.

Da für unsere polnischen Mitbürger der Ostersamstag der heiligste Feiertag war, machten sie an unserem Karfreitag Großputz – im Haus und auf der Straße. Die Federbetten wurden gelüftet und die Läufer wurden geklopft und die Fenster wurden geputzt. Während wir deutschen Kinder an der Hand unserer Eltern geschniegelt und gebügelt zur Kirche gehen „mussten", durften unsere polnischen Freunde in herrlichen alten Klamotten die Straße mit dem Reisigbesen fegen und die Rinnsteine mit Kalkwasser weißen.

Wir schauten uns sehnsüchtig um und beneideten uns gegenseitig. Wir durften uns ja nicht schmutzig machen und hätten doch so gerne bei denen mitgemischt. Doch dieser unser Feiertag ging auch vorüber, und wir freuten uns schon auf den polnischen Samstag. Die „anderen" konnte wir ja mit Putzen nicht mehr ärgern, da bei uns schon alles sauber war.

Aber wie in jedem Jahr war diese kleine Ärgernis bald verflogen, denn der heutige Samstag war für uns alle ein schöner, feierlicher und auch lustiger Tag.

Da es Sitte der Polen war, am Ostersamstag das Osteressen von einem Pfarrer weihen zu lassen, stand viel Freude und viel Arbeit bei uns Kindern auf dem Programm. Eine der polnischen Nachbarinnen stellte jedes Jahr ihre Wohnung zur Verfügung. Dort wurden auf einer langen Tafel die Osterspeisen sämtlicher Nachbarn aufgestellt. Auch wir Deutschen brachten unsere Lieblingsspeisen dazwischen unter.

Kielbasse („Rohe Polnische", selbst gemacht) und ein

großer Knochenschinken (selbst gekocht) waren im Überfluss vorhanden. Dann gingen wir alle gemeinsam vor das Tor und warteten auf den „Pfaffen", wie wir Evangelischen immer sagten. Er kam in einer einspännigen Droschke vorgefahren und wurde von allen in die auserwählte Stube mit der gedeckten Tafel geleitet. Wir stellten uns alle zum Gebet auf und beteten gemeinsam mit dem „Pfaffen".

Wir Evangelischen beteten im Stillen das Vaterunser. Dann holte der Pfarrer seinen Weihwedel und die dazugehörenden Geräte hervor uns segnete und weihte alle Speisen. Uns Kindern dauerte das alles zu lange. Wir stahlen uns wie verabredet aus der Wohnung nach draußen, denn wir hatten wie in jedem Jahr schon heimlich etwas vorbereitet:

Unser Oster-Knall-Lieblingsspiel. Die älteren Jungen hatten etwas Schwarzpulver organisiert, denn das gehörte zu unserem Plan. Wir schlichen vorsichtig hinter die Droschke des Pfarrers. Der Kutscher machte einen Spaziergang und rauchte eine papirossa (Zigarette). Das Pferd stand ruhig da und fraß aus seinem vorgehängten Hafersack.

Wir legten ein kleines Häufchen von dem Pulver, fest in Papier gedreht, auf das Kopfsteinpflaster hinter die Droschke, dann gingen wir in Deckung. Der Größte von uns nahm einen großen Stein und warf ihn mit voller Kraft auf das Schwarzpulver und sprang dann blitzschnell zur Seite. Das gab einen tollen Knall!

Das erschreckte Pferd machte einen Satz und wollte losrasen. Aber der Kutscher, der so etwas ahnte, kam schnell herbei und griff in die Zügel. Er beruhigte den Gaul und gab ihm Würfelzucker. Wir bekamen, wenn er uns fasste, einige Ohrfeigen und durften dafür zum Trost das Pferd streicheln. Da der Knall ja überall gehört worden war, kamen alle, mit dem Pfarrer an der Spitze, etwas schneller aus dem Hause.

Der Pfaffe drohte uns mit der Faust, stieg in die Kutsche segnete uns alle und fuhr zum nächsten Haus. Wir wünschten ihm alles Gute und ein frohes Wiedersehen bis zum nächsten Jahr. Die Ohrfeigen vom Kutscher waren nicht mehr schlimm. Wir waren froh, dass keine Fortsetzung von unseren Eltern folgte.

Auch der erste Ostertag begann bei uns in Lodz schon sehr laut. Da jagte mein Vater bereits um fünf Uhr den Osterhasen. Mit einem Handfeger fuchtelte er unter den Betten und Schränken herum und rief: „Der Osterhase ist da, der Osterhase ist da. Komm raus, du Hase, wir wollen dich sehen! Oh, nun ist er wieder weg!"

Wir Kinder sprangen aus dem Bett, taten ganz überrascht und jagten eifrig mit. Eigentlich hatten wir schon in der Nacht schlecht geschlafen und auf den Auftritt meines Vaters gewartet. Es war eben alles wie in jedem Jahr. Obwohl wir immer älter wurden, freuten wir uns auf das Spektakel und spielten immer wieder mit.

Dann fanden wir endlich die versteckten Osternester und trugen sie vorsichtig zum Tisch. Unsere Nester, das waren große Schüsseln mit eingesätem Hafergras. Der Hafer wurde schon zehn Tage vor Ostern eingesät und hatte nun gerade die richtige Länge. Darin lagen die grün und braun gefärbten Eier.

Gefärbt wurde in einer Abkochung aus grünem Gras und Kornspitzen – das wurden grüne Eier. Für die braune Farbe wurden Zwiebelschalen gekocht. Die fertigen Eier wurden mit einer Speckschwarte abgerieben und bekamen so einen wunderschönen Glanz.

In der Mitte des Nestes saß ein großer Schokoladenhase mit einem Korb voller Zuckereier auf dem Rücken.

Dann machte mein Vater das Frühstück. Nur er durfte den großen gekochten Knochenschinken anschneiden. Wir Kinder schauten zu und naschten von den Schinkenabschnitten. Vater machte stets seine Späße und stellte alles auf den Tisch, was so Essbares im Hause war. Die selbst gemachte „Rohe Polnische" und der gute Streuselkuchen durften dabei nicht fehlen.

Wenn meine Mutter ärgerlich wurde über so viel Theater, sagte er nur: „Lass doch, Mamusch, heute sieht es bei uns wenigstens mal so aus wie bei reichen Leuten."

Nach dem Frühstück gingen wir gemeinsam zur Kirche. Wenn wir zurückkamen, saßen unsere Freunde im Hof auf der Plumpe und warteten auf uns. Alle hatten ihre Osternester mit. Alles wurde bestaunt und jeder durfte vom anderen kosten.

Mittags gab es immer Kaninchenbraten mit polnischen Kartoffelklößen (selbst gemacht) und Sauerkraut (selbst im Winter in der Holztonne eingelegt). Nach dem Essen wollten wir Kinder unbedingt unsere Schokoladenhasen schlachten. Unsere Eltern waren zwar dagegen, aber im Laufe des Tages wurden unsere Hasen immer kleiner. Wir fingen von unten an zu naschen und setzten sie immer tiefer ins Gras.

Nach einem langen Osterspaziergang kamen wir zu Hause an. Nun mussten noch große Vorbereitungen für den zweiten Feiertag getroffen werden. Denn das war ja nun wieder der „Gauditag".

Mein Vater machte aus schon vorher organisierten Birkenzweigen eine kleine Besenrute. In gesammelte kleine Medizinfläschchen mit Tropfer wurde parfümiertes Wasser gefüllt., und der Osterspruch musste noch wiederholt werden. Und wieso das alles?

Na, der zweite Tag war doch der Dyngustag, ein schöner, alter polnischer Brauch! Da gingen unsere Eltern mit uns schon um halb acht los, um die ganze Verwandtschaft am anderen Ende der Stadt zu besuchen und ein gesegnetes Fest zu wünschen.

Da Lodz sehr groß war, mussten wir ungefähr fünf Kilometer marschieren. Aber das machte uns Kindern nichts aus. Wir sprangen vor unsren Eltern her und schwenkten unsere Osterbesen. Die Fläschchen mit dem Wasser hatte unsere Mutter in einer Tragetasche. Bei unserer Oma angekommen, stürmten wir, ohne „guten Morgen" zu sagen, in die Wohnung. Wir besprengten sie mit dem Riechwasser, hoben ihren Rock hoch und pieksten sie mit unseren Birkenbesen in die Beine. Dabei brüllten wir laut unseren Spruch:

„Stiepa, stiepa, Osterfest,
liegt die Oma noch im Nest,
gib uns Eier, gib uns Kuchen,
dann woll'n wir dich im nächsten Jahr wieder besuchen!"

Unsere Tanten im Nebenhaus hatten den Krach schon gehört, waren jedoch schon lange aufgestanden. Sie wollten uns eine besondere Freude machen und waren noch einmal ins Bett gekrochen, damit wir sie so richtig schön im „Nest" unter der Decke stiepern konnten. Jede und jeden nannten wir dabei bei seinem Namen. Da es mehrere waren und der Spruch deshalb viele Male gebrüllt wurde, waren wir fast heiser.

Wir Kinder bekamen für den schönen Dyngus (zu deutsch „nass machen" oder „einweihen") ein paar bunte Eier, Süßigkeiten und eine große Tasse Milch zur Belohnung. Da diese Zeremonie sich in jedem Jahr wiederholte, wurden wir ja schon erwartet.

Bei unserer lieben Tante Lotte bekamen wir alle zum Mittagessen eine kräftige Hühnerbrühe mit selbst gemachten Nudeln. Nach dem Marsch und dem Gebrüll schmeckte es uns herrlich. Mit unserem Vetter und seinen polnischen Freunden spielten wir, bis es dann Kuchen und Tee gab. Der gute, schöne Streuselrosinenkuchen unserer Tante Lotte wurde tüchtig gelobt.

Wir bekamen noch ein großes Stück eingepackt und machten uns wieder auf unseren langen Heimweg. Die letzte Hälfte des Weges musste mein Vater meinen kleinen Bruder, vier Jahre alt, Huckepack tragen. Wir kamen sehr müde, aber sehr glücklich zu Hause an.

Der Schokoladenosterhase wurde noch um ein Stück verkürzt, einige von den süßen Eiern wurden noch genascht, und dann fielen wir ins Bett.

Ein schönes, fröhliches Osterfest war wieder einmal vorbei, und morgen begann wieder der Ernst des Lebens. Ich musste in die mir verhasste Schule und meine Eltern zur Schichtarbeit in die Fabrik. Doch das ist wieder eine andere Geschichte!

******

4. Episode – Tricks zum Schule schwänzen

Mitten in der Nacht wurde ich wach und hat ganz dolle Bauchschmerzen. Was war los? Ich riss die Augen weit auf und mir wurde kalt und heiß. Oh Gott, oh Gott, oh Gott, ich hatte wieder einmal meine Rechenaufgaben nicht gemacht! Dieses eklige Rechnen! Eigentlich ging ich gerne in die Schule, hatte sogar Lieblingsfächer wie Singen, Gedichte aufsagen und Naturkunde. Deutsch und Polnisch lesen und schreiben ging auch. Aber sobald ich in die dritte Schulklasse kam und diese blöden Teilaufgaben, die oben mit einem Strich, lösen musste, war es bei mir aus mit der „schönen Schulzeit". Ich konnte und konnte es nicht verstehen. Unser Herr Lehrer hat es uns immer und immer wieder erklärt und ich habe es immer und immer wieder nicht verstanden!

Die meisten meiner Klassenkameraden hatten es etwas besser. Die hatten ältere Geschwister, die ihnen wenigstens etwas, wenn überhaupt nötig, helfen konnten. Aber mein Bruder war erst vier Jahre alt, und meine Eltern konnten beide nicht lesen und schreiben. Das war bei vielen Menschen der älteren Generation so und bei uns nichts Ungewöhnliches.

Also konnte ich von meinen Eltern in meiner Not keine Hilfe erwarten. Und nun lag ich trotz Bauchweh ganz still im Bett, damit ich meinen kleinen Bruder, der am Fußende schlief, nicht wach machte. Auch mein Papusch und meine Mamusch, die nebenan im zweiten Bett schliefen, durfte ich nicht stören. Die mussten doch früh raus zur Schichtarbeit.

Ich starrte in die Finsternis und hörte, dass es regnete. Auch das noch! Da konnte ich ja heute meinen ersten „Trick" nicht anwenden. Das hieß „hinter die Schule gehen". Der Ablauf dieses Tricks war fast immer gleich. Bis die Sache doch mal böse endete – aber das werde ich noch später erzählen.

Ich nahm fast immer den gleichen Weg. Etwas außerhalb unseres Stadtteils (zubarz) hatten wir einen kleinen Schrebergarten (dzialki). Dorthin spazierte ich auf großen Umwegen über Wiesen und Felder. Da an Wochentagen niemand anzutreffen war, konnte ich mich dort unbemerkt aufhalten.

Ich saß in der Sonne auf einer Bank oder fing kleine Frösche. Wenn ich Hunger hatte, aß ich meine Butterschnitte und trank einen Schluck Wasser aus der Regentonne. Nach einer langen Zeit wanderte ich, meine Schultasche unter dem Arm, wieder zurück. Wenn es noch zu früh war, drehte ich noch ein paar Runden.

Etwa gegen Mittag trottete ich nach Hause und holte erst einmal, wie immer, meinen kleinen Bruder von unserer polnischen Nachbarin ab. Sie gab uns des Öfteren etwas von ihrem Eintopf zu Mittag; denn meine Mamusch kam erst um halb zwei von der Schichtarbeit. Da war sie froh, wenn die Nachbarin uns schon etwas versorgt hatte. Ich war an solchen „Tricktagen" immer froh, wenn meine Mama nicht fragte, wie es denn in der Schule gewesen sei. Und heute machte mir der Regen einen Strich durch meinen „Spaziergangtrick".

Als der Wecker klingelte, mussten meine Eltern aufstehen und zur Arbeit gehen. Meine Mamusch machte uns noch Brote, gab uns Kindern einen Kuss und ging.

Mein Papusch ging etwas später aus dem Haus, da seine Arbeitsstelle nur zehn Minuten entfernt lag. Als sie beide draußen waren, musste ich erst einmal ganz schnell zum „Klo", denn mir war schlecht. Ich wusch mich und meinen Bruder in der Waschschüssel (nur Katzenwäsche), zog uns beide an, packte mein Schulbrot und ging mit großer Angst im Bauch zu der blöden Schule!. Mein Bruder ging dann etwas später zur Nachbarin, die arbeitslos und deshalb zu Hause war.

Ich musste mich beeilen, denn wegen des „Kloganges" wurde es reichlich spät. Das fehlte mir noch!. Keine Rechenaufgaben und dann noch zu spät kommen! In unserer evangelischen Schule, in die nur deutsche Kinder kamen, war es für uns gar nicht so einfach: Alle Fächer, außer natürlich Deutsch, wurden in polnischer Sprache gelehrt. Da im Polnischen alle Hauptwörter kleingeschrieben werden, kam man beim Deutschdiktat in der folgenden Stunde manchmal ganz schön durcheinander. Zu Hause wurde dazu noch unser „Lodzerdeitsch" gesprochen. Das war dann eben nicht so einfach. Aber wir lebten ja schon immer damit und kannten es nicht anders.

In der „deutschen" Schule gab es auch polnische und jüdische Lehrer. Und die hatten alle ihre besonderen Methoden, um die „Sünder" zu bestrafen. Unser jüdischer Rechenlehrer hatte die Angewohnheit, uns mit unserem eigenen hölzernen Federkasten sieben- bis achtmal auf die ausgestreckte Hand zu schlagen und uns dann eine halbe Stunde in die Ecke zu stellen.

Der „Herr Polnischlehrer" zwirbelte mit Daumen und Zeigefinger die Ohrläppchen und zog einen dann langsam an den Ohren aus der Schulbank. Das tat ganz schön weh!

Das Schlimmste aber tat unser deutscher Lehrer, der uns die deutsche Sprache lehrte: Der stellte den Bösewicht nicht nur in die Ecke – das war ja nichts Besonderes, auch wenn die anderen schadenfroh grinsten. Das Schlimme waren die Erbsen, die in der Ecke auf dem Fußboden lagen. Da musste man fast zehn Minuten drauf knien. Das tat viel, viel mehr weh als andere Strafen, und diese zehn Minuten waren ganz, ganz schlimm.

Wie es heute für mich aussah, würde der Federkasten Arbeit kriegen. Das musste ich unbedingt verhindern und zu meinem Ersatztrick greifen. Meine Freundin Vera musste wieder einmal ran und mir aus der Patsche helfen. Während der ersten Naturkundestunde fragte ich sie, ob ich heute wieder bei ihr abschreiben dürfe. Da ich ihr öfter beim Gedichtaufsagen vorsagte, war sie einverstanden.

Das Klassenzimmer wurde in der Pause gelüftet und wir mussten alle in den Schulhof. Wir steckten beide unsere Rechenhefte unter die schwarze Schulschürze und gingen gemeinsam in unser „Plumpsklo". Sie stand Schmiere und ich kniete vor dem Klo und schrieb auf dem hölzernen Deckel von ihrem Heft ab. Das war erst einmal geschafft und die Rechenstunde konnte kommen. Meine Bauchschmerzen waren wie weggeblasen.

Wenn ich heute mit meinen 73 Lebensjahren an die ungeliebte Schulzeit zurückdenke und an das, was ich alles angestellt habe, um nicht hingehen zu müssen – da läuft alles wie ein Horrorfilm vor meinen Augen ab. Manche Tricks waren nämlich keine Tricks mehr, sondern eine schauspielerische Meisterleistung.

Das Tollste war der Trick mit dem Blinddarm. Der jedoch hat eine kleine Vorgeschichte, und mein neun Jahre alter Freund Wladek aus der Nachbarwohnung hat mir unbewusst dazu verholfen. Der kam plötzlich ins Krankenhaus. Er hätte es mit dem Blinddarm, sagte mir seine Mutter, und er würde wohl zehn Tage im Krankenhaus bleiben müssen. Ich wusste zwar nicht, was ein Blinddarm war, aber eines kapierte ich sogleich: Da brauchte er nicht zur Schule.

Von da an ging mir der Blinddarm nicht mehr aus dem Kopf. Als Wladek wieder zu Hause war, besuchte ich ihn jeden Tag. Er erzählte mir genau, wie und wo die Schmerzen waren, und zeigte mir stolz seine Narbe am Bauch. Ich hörte genau zu und sah mir alles genau an. Und damals beschloss ich, auch einen schmerzenden Blinddarm zu haben. Nur, wann und wie ich das am Besten anstellen sollte, war mir noch nicht ganz klar. Aber eines Tages war es so weit.

Als ich von unserem Rechenlehrer an die Tafel gerufen wurde, um eine für mich unlösbare Aufgabe zu lösen, fuhr mir der Schreck so in den Magen, dass mir schlecht wurde. Ich ging mit zitternden Knien an die Tafel, krümmte mich, hielt mir mit beiden Händen den Bauch und fiel um!

Der Lehrer und einige Kinder kamen angelaufen, hoben mich hoch und legten mich vorsichtig auf die letzte Sitzbank. Ich weinte „echte" Tränen und hielt die ganze Zeit meinen Bauch fest. Alle standen um mich herum und bedauerten mich. Als aber noch der Oberlehrer geholt wurde, vor dem ich großen Respekt hatte, wurde mir doch mulmig.

Ich begann ganz tief durchzuatmen, nahm ganz langsam die Hände vom Bauch, hob den Kopf und sagte mit schwacher Stimme: „Es ist schon fast wieder weg!" In der Pause musste ich auf der Bank liegen bleiben. Hurra – die Rechenstunde war vorbei! Ich lag ganz still und dachte, wie es wohl nun weitergehen wird.

Nach der Pause kam unser strenger Oberlehrer, sah mein noch leidendes Gesicht und sagte zu meiner großen Freude: „Mein Kind, am besten gehst du gleich nach Hause. Und morgen ist Samstag, da kannst du dich zwei Tage erholen. Am Montag sehen wir dann weiter."

Meine Freundin Vera sollte mich langsam nach Hause bringen. Am liebsten wäre ich voller Freude von der Bank gesprungen. Doch dann wäre ja der ganze Schwindel aufgeflogen. Ich erhob mich ganz langsam, meine Freundin nahm meine Schultasche und wir gingen vorsichtig die Treppe runter und ganz vorsichtig und langsam nach Hause.

Bis vor unserer Haustür spielte ich noch die Leidende, und sie hat nichts gemerkt. Selbst als sie schon weg war, ging ich hinkend die Treppe hoch und fand es ganz toll, wie ich das konnte. Meine Eltern waren ja nicht da, denn es war ja noch früher Vormittag. Und mein Bruder war bei der Nachbarin. Ich holte den Schlüssel unter der Matte hervor und ging in die Stube.

Nun war Schluss mit dem Theater! Ich setzte mich auf meinen Lieblingsplatz und begann, in meinem polnischen Märchenbuch zu lesen. So verging die Zeit, und meine Mutter kam von der Schicht nach Hause. Ich sagte ihr nichts von meinem Anfall, sonst hätte sie sich große Sorgen gemacht und wäre vielleicht gleich mit mir zum Arzt gegangen. Aber ich wollte mir doch nicht die schönen zwei freien Tage von einem Doktor vermiesen lassen.

Montag war ein feiner Tag, denn wir hatten kein Rechnen. Meine Mitschüler fragten gleich, wie es mir geht, und sogar mancher Lehrer erkundigte sich nach meinem Bauch. Ich spielte noch etwas die Kranke, wurde jedoch mit jedem Tag etwas munterer. Alle waren auf einmal ganz lieb zu mir, und von den Lehrern brauchte ich keine Strafe zu fürchten.

Es machte mir im Gegenteil manchmal richtig Spaß, sie hinters Licht zu führen. Wenn ich nämlich etwas nicht kapierte, musste ich nur weinerlich meinen Mund verziehen und mir an den Bauch fassen – schon fragten mich alle: „Hast du wieder Schmerzen, geht es wieder los?" Dieses Spiel konnte ich jedoch nicht immer und schon gar nicht nur in der Rechenstunde spielen. Und das Rechnen kam dreimal in der Woche – Dienstag, Donnerstag, Freitag. Also beschloss ich, mit meinem erprobten Trick Ernst zu machen. Ich musste für längere Zeit weg von der Schule, ich musste ins Krankenhaus! Wie mein Freund Wladek!

Es war an einem Sonntag Anfang November 1938. Da sehr schlechtes Wetter war, spielten unsere Eltern mit uns den ganzen Nachmittag und Abend „Mensch ärgere dich nicht" und „Dame". Wir hatten wie immer viel Spaß dabei. Mein Papusch ließ mich dreimal gewinnen und ich tat so, als merkte ich nichts.

In Gedanken war ich aber schon bei meinem Plan, der morgen anlaufen sollte. Aus zwei Gründen fand ich es morgen günstig: Meine Mama musste erst am Nachmittag zur Schichtarbeit und wir hatten morgen kein Rechnen, sondern erst am Dienstag – und da musste ich weg sein. Ich fand in der Nacht kaum Schlaf und legte mir alles genau zurecht, sodass ich ins Schwitzen kam.

Ich hatte am Montag die erste Stunde frei, durfte also etwas länger im Bett bleiben. Mein Papa ging um halb acht aus dem Haus. Als meine Mama sagte: „Na los, willst du nicht aufstehen?", war es so weit.

Ich erhob mich langsam, fasste mir krampfhaft an den Bauch, stieß einen Schrei aus und sank rückwärts wieder aufs Bett. Mein kleiner Bruder wurde wach und meine Mamusch wusste vor Aufregung nicht, was sie machen sollte. Sie fasste mir an den Kopf, ob ich Fieber hätte, und besah sich den Bauch.

„Was hast du denn gestern gegessen?", war die erste Frage. Ich gab keine Antwort und wimmerte vor mich hin. Sie machte mir erst einmal eine Wärmflasche – unser Allheilmittel.

„Ich gehe gleich zu unserem Herrn Feldscher!", sagte sie. Das war unser jüdischer Arzt, der in unserer Straße wohnte und uns öfter mal behandelte. Er sah auch zuerst nach dem Fieber, fand nichts, nur dass ich etwas „schwitzig" war, wohl vor Angst.

Als er meinen Bauch drückte, fing ich an zu heulen. Er machte ein ernstes Gesicht und sagte, dass ich wohl ins Krankenhaus müsse. Das war das Zauberwort! Er schrieb einen Schein aus, wünschte alles Gute und ging.

Meine Mama war ganz blass und sehr aufgeregt, denn nun musste sie sofort ganz viel erledigen. Sie musste zur kassa horych (Krankenkasse) und den Schein abstempeln und genehmigen lassen. Sie musste zu einer Arbeitskollegin, die auch in der Fabrik arbeitete, und sich für heute abmelden. Sie musste zu meinem Papa in die Färberei und ihm Bescheid sagen; und sie wollte mich dann gleich mit der Droschke ins Krankenhaus bringen.

Oh Gott, mit so viel Aufregung für meine Mamusch hatte ich nicht gerechnet. Und dass wir noch Geld für die Droschke ausgeben sollten, die bestimmt teuer war, wo sie doch heute Lohnausfall wegen mir hatte – das war fast zu viel! Als sie weg war, um diese Sachen zu erledigen, lag ich ganz still mit meiner Wärmflasche im Bett. Mein kleiner Bruder lag zitternd neben mir und streichelte mich.

Auf einmal fing ich an zu weinen! Ich weinte um mich selbst, ich weinte um meine Mamusch, die sich so aufregen musste, ich weinte, dass so viel Geld für die Droschke bezahlt werden sollte, und ich weinte, dass ich nun ins Krankenhaus sollte. Aber dann dachte ich an das morgige Rechnen und machte weiter mit dem Theater. Die Angst davor stellte alles in den Hintergrund.

Als wir fertig angezogen waren, holte meine Mama die Droschke und wir stiegen vorsichtig ein. Da wir fast noch nie mit einer Droschke gefahren waren, hätte uns das normalerweise einen Heidenspaß gemacht. Aber so saßen wir ganz still da. Weil das auf dem Kopfstein-pflaster ganz schön schuckelte, sagte meine Mama zum Kutscher, er solle ganz vorsichtig fahren, denn ich hätte Schmerzen.

Gleich verzog ich den Mund und fing an, ein wenig zu stöhnen. Beinahe hätte ich wegen der Aufregung, mit der Droschke zu fahren, vergessen, dass ich ja krank war. Eine halbe Stunde dauerte die Fahrt, dann waren wir da!

Da ich ein Krankenhaus noch nie gesehen hatte, wurde mir doch bange vor dem großen Eingang und wegen der vielen Treppen. In der Aufnahme saß ich die ganze Zeit neben meiner Mama, hielt meinen Bauch fest und stöhnte ab und zu. Von der Schwester wurde ich ganz vorsichtig in die Kinderstation gebracht und in ein Zimmer geführt, in dem schon fünf Kinder lagen.

Meine Mamusch durfte mir noch beim Ausziehen helfen und mich in ein schönes, weiß überzogenes Bett legen. Dann musste sie gehen, und ich weinte wieder beim Abschied von ihr und meinem Bruder, und ich weinte aus Angst vor der fremden Umgebung und was nun mit mir passieren würde. Aber dann dachte ich gleich wieder: „Ist egal, was sie mit mir machen, ich muss nicht in die Schule!"

Da es erst kurz nach dem Mittagessen war, fragte mich die Schwester, ob ich noch etwas von dem Eintopf essen wolle. Eintopf war schon immer mein Lieblingsessen, aber darauf hatte ich ja heute gar keinen Appetit! Die anderen polnischen Kinder sahen mich alle neugierig an und warteten auf das, was nun mit mir geschehen sollte.

Auch ich wartete, lag ziemlich lange steif in meinem Bett und starrte an die Decke. Auf einmal ging laut die Tür auf und zwei Ärzte und eine Schwester kamen herein. Oh Gott! Ich begann vor Angst zu zittern und zu schwitzen. Alle kamen an mein Bett und sagten: „Dzien dobry" (guten Tag), und die Ärzte schoben mein Nachthemd hoch. Sie sagten, ich sollte keine Angst haben, und drückten vorsichtig auf meinem Bauch herum.

Ich schrie an der mir nun schon bekannten Stelle, aber nicht zu laut: „Ojeja, ojeja", und fing an zu weinen, fast echt. Dabei spitzte ich die Ohren, um genau zu hören, was sie sagen würden. „Man kann nichts Bedrohliches feststellen, aber die Kleine hat offenbar Schmerzen an einer besonderen Stelle. Und deshalb könnte es ein Reizblinddarm sein."

Reizblinddarm? Das war ein ganz neues Wort, und dieses Wort musste ich mir unbedingt merken! Sie strichen mir beruhigend über das Gesicht und sagten, sie würden morgen den bösen Blinddarm herausholen. Die anderen Kinder hatten alles mitgehört!

Als die Herren Doktoren wieder draußen waren, sagten zwei von ihnen, die auch schon den Blinddarm raushatten, dass das gar nicht schlimm sei. Da schläft man ein, und wenn man wach wird, ist alles vorbei. Und alle waren dann ganz lieb zu mir.

Dann kam die Schwester wieder und sagte, ich bekäme heute nichts mehr zu essen, und für die Nacht bekäme ich einen Einlauf, damit mein kleiner Bauch morgen schön leer sei. Einlauf kannte ich. Das war bei uns auch ein Allheilmittel

Nach längerer Zeit, es fing schon an dunkel zu werden, ging plötzlich die Tür auf. Erst dachte ich, die Doktoren kämen schon wieder. Aber nein! Was da hereinkam, war die Freude und die Sonne: Es kamen mein lieber, lieber Papusch, meine liebe Mamusch und mein Bruder.

Sie waren den ganzen weiten Weg zu Fuß gekommen, um zu sehen, wie es mir geht. Ich strahlte über das ganze Gesicht und hatte meine Schmerzen vergessen. Erst als sie mich fragten, was denn der Arzt gesagt hätte, machte ich wieder ein wehmütiges Gesicht und sagte ganz wichtig, ich hätte einen Reizblinddarm, und das sei sehr gefährlich!

Mein Papa, der ein großer Spaßvogel war, wollte mich etwas aufmuntern und sagte: „Na, so schlimm wird wohl dein Dingsbumsdarm nicht sein, denn du lebst ja noch." Mein Bruder kicherte daraufhin laut los. Mir war gar nicht zum Lachen und ich schaute alle misstrauisch an – ob die wohl was merkten? Ach was, die Ärzte haben gesagt, der Darm kommt morgen raus, also musste ich auch einen haben!

Meine Lieben mussten sich nun verabschieden, und mir war ganz weh ums Herz. Kaum waren sie weg, kam die Schwester und machte mir den Einlauf. Danach musste ich immerzu aufs Klo. Als nichts mehr kam, war gleich die Schwester da, brachte mich ins Bett und deckte mich schön zu.

Zum ersten Mal lag ich allein und ohne meinen Bruder. Erst fehlte mir etwas, aber dann fing ich an, mich herumzuwälzen, und freute mich, dass ich sooo viel Platz hatte. Ich dachte ängstlich an morgen, dass aber auch mein Papusch und meine Mamusch kommen wollten, und schlief etwas beruhigt ein.

Gleich nach dem Frühstück – ich bekam ja nichts – holte mich die Schwester ab. In meinem langen Nachthemd und meinen Bambuschen an den Füßen ging ich an der Hand der Schwester durch einen langen Flur. In einem kleinen Raum musste ich mich setzen. Als die zwei mir schon bekannten Doktoren hereinkamen und mich fragten: „Na mala bois sie?" (Na, Kleine, hast du Angst?), sagte ich tapfer: „Nie!" (Nein!)

In einem anderen großen Zimmer legten sie mich auf einen großen Tisch. „Aha", dachte ich, „jetzt werde ich schlafen." Aber ich war ja gar nicht müde. Wie sollte das wohl sein? Die beiden Ärzte stellten sich rechts und links am Tisch hin. Der eine machte meine Hände am Tisch fest und der andere band mir eine Art Schnorchel vor Mund und Nase.

Ich bekam es mit der Angst und wollte losheulen. Es tropfte etwas vom Schnorchel und einer von ihnen sagte: „Du musst ganz langsam und laut bis zehn zählen. Ich fing auch gleich damit an: jeden, dwa, trzy, sztery, piecz, szesz, siedem (eins, zwei, drei, vier, fünf, sechs, sieben). Bei osiem (acht) war alles weg!

Als ich wach wurde, war es ganz hell. Ich war wieder in meinem Zimmer, in meinem schönen Bett, und mir war so leicht „zum Fliegen". Die Schwester und zwei von den Kindern standen plötzlich an meinem Bett und sagten: „Dzien dobry (guten Tag), na, ausgeschlafen?"

Da wusste ich auf einmal alles. Mein Blinddarm! Ich fasste unter die Decke an meinen Bauch, fühlte eine dicke Binde und hätte vor Freude am liebsten geweint. Mein Blinddarm war raus, ich lebte noch, meine Lieben kamen bald zu Besuch und ich durfte ja nun eine Zeit lang nicht zur Schule.

Als ich so, wohlig in das Kissen gekuschelt, nachdachte, fand ich es doch etwas komisch, dass sie mir etwas rausgenommen hatten, das niemals wehgetan hat. Auch ein Arzt war wohl manchmal etwas dumm. Mein Freund Wladek hatte wenigstens echte Schmerzen gehabt. Ich war neugierig, ob meine Narbe auch so groß war wie seine!

******

5. Episode – Noch ein Trick zum Schuleschwänzen

Als ich nach meiner Blinddarmoperation nach zehn Tagen aus dem Krankenhaus entlassen wurde, war ich sehr froh, wieder bei allen meinen Lieben zu sein. An die Schule dachte ich erst einmal nicht, denn ich hatte noch ein paar Tage „Schonzeit". Mein Freund Wladek kam mich in der Zeit besuchen, um meine Operationsnarbe anzusehen. Er fand, dass meine natürlich viel kleiner war als seine. Na ja!

Als ich wieder zur Schule musste, war mir doch recht bange, denn ich wusste ja nicht, wie sich die Lehrer und meine Mitschüler mir gegenüber verhalten würden. Aber es ging alles besser, als ich dachte.

Alle gingen sehr rücksichtsvoll mit mir um. Die Lehrer sagten, ich müsse mich nun etwas mehr anstrengen, um alles nachholen zu können. Mit den anderen Fächern hatte ich keine größeren Schwierigkeiten. Außerdem war ich erst einmal vom Sport, den ich auch nicht mochte, befreit.

Nur mit dem blöden Rechnen wurde es jetzt noch schlimmer. Meine Freundin Vera und noch ein Junge aus der Bank hinter mir konnten und wollten mir wieder helfen – aber nur mit Abschreiben! Das nützte mir nicht viel, denn sie erklärten mir dabei nichts.

Zum Glück fing aber nun die schöne, schöne Vorweihnachtszeit an – die schönste Zeit für unsere ganze Familie. Mit Basteln, Sternchenfalten, Nüssevergolden und Weihnachtsliedersingen mit Gitarrenbegleitung von unserem lieben Papusch.

Dann gab es Ferien bis zum 7. Januar. Und nach einer Woche ging es los! Es überstürzte sich fast alles. Zuerst bekam ich von unserem Klassenlehrer einen Brief für meinen Papa mit. Ich ahnte schon nichts Gutes, denn er hatte schon mehrmals Andeutungen gemacht. Als mein Papa am Abend von der Arbeit nach Hause kam, musste ich ja nun mit der Wahrheit rausrücken.

Zitternd öffnete ich den Brief und begann ihn vorzulesen. Da stand es nun schwarz auf weiß, dass ich in fast allen Fächern schwach, in Rechnen aber ganz besonders schlecht sei und meine Versetzung im Juni gefährdet sei! Ich fing an zu weinen, denn Sitzenbleiben war bei uns die allergrößte Schande.

Obwohl mein Papusch nicht schreiben und lesen konnte, hatte er doch Respekt vor allem „Geschreibsel", wie er immer sagte. Er tröstete mich uns sagte: „No, heul amal nich gleich so, meine Kleene. So schlimm is des doch ga nich. Bis zu die Ferien is es noch viel Zeit. Und du bist doch nich dumm. Du musst dia ebn a bissl festa uffn ‚Hintan' setzen, und da wed es schon wida bessa! Gib mia amal den Wisch, den wed iche gleich amal untaschreibn."

Er nahm einen Bleistift und machte ganz wichtig und energisch drei Kreuze darunter. Ich war erst einmal heilfroh, so glimpflich davongekommen zu sein. Leider war das nur mit „auf den Hosenborden setzen" nicht getan. Das Rechnen wurde davon nicht besser und die Aufgaben nicht leichter.

Also suchte ich noch mehr Hilfe bei meinen Freunden. Nun musste ich allerdings eine ganz bittere Erfahrung machen. Die beiden hatten vereinbart, dass sie für ihre

Hilfeleistungen etwas Geld haben wollten: jedes Mal einen Groschen. Das war für mich ein Schlag in den Magen! Geld? Woher denn?

Ich bekam nur 50 Groschen im Monat, und diese musste ich mir auch noch verdienen. Denn meine Eltern machten neben ihrem Beruf auch noch Heimarbeit. Sie hatten mir schon, als ich sieben Jahre alt war, auf meinen Wunsch beigebracht, auf einer Nähmaschine zu arbeiten (von dieser Arbeit werde ich noch in einer anderen Episode erzählen). Weil ich meinen Eltern unbedingt helfen wollte, etwas Geld zu verdienen, und mich auch ganz fix dabei anstellte, bekam ich 50 Groschen im Monat. Und nun sollte ich von dem bisschen (was heißt bisschen!) praktisch alles abgeben. Denn so viel Hilfe, wie ich brauchte, konnte niemand bezahlen.

Ich war völlig verzweifelt. Da erwischte mich zum Unglück – oder zum Glück, wie sich bald herausstellte – eine starke Erkältung mit Fieber und großen Halsschmerzen. Ich durfte nicht zur Schule! Meine Mamusch wandte alle bewährten Hausmittel bei mir an. Die schmeckten alles andere als gut und waren nicht immer angenehm.

Nach zehn Tagen war ich fast wiederhergestellt und ich sollte nun wieder zur Schule. Doch oh Wunder, meine Stimme war weg und ich konnte keinen lauten Piep sagen. Meine Mama ging nun doch mit mir zu einem Feldscher (das war so etwas wie ein Naturheiler). Der guckte in meinen Hals, der noch etwas gerötet war, und sagte, ich solle „aaaa" sagen.

Aber das konnte ich natürlich nicht. Es kam nur ein schwacher Ton heraus. Er befühlte ganz vorsichtig meinen Hals, betastete auch leicht meinen Kehlkopf, schüttelte den Kopf und sagte, dass es ihm ein Rätsel sei. Wir sollten noch abwarten, wie es sich weiter entwickeln würde.

Aber, und das war für mich ganz wichtig, er schrieb mir wieder eine Schulbefreiung aus. Meine Mama machte sich zwar Sorgen, da ich aber sonst gut gestellt war, tröstete sie sich und hoffte, dass es bald vorübergehen würde. Aber es sollte nicht so schnell vorübergehen, denn ich konnte das ja nun selbst steuern, wie lange ich ohne Stimme bleiben wollte.

Am Anfang bedauerten mich alle, aber dann gewöhnten sie sich daran. Ich spielte die „Stimmlose" so gut, dass keiner dahinter kam. Mein nun schon 70-jähriger Bruder und meine Mutter, die im vorigen Jahr im Alter von 94 verstarb, wussten bis jetzt nichts von meinem Theaterspiel. Ich hatte mich in die Rolle so hineingesteigert, dass es mir nichts ausmachte, immer auf der Hut zu sein.

Auch bei unseren fast täglichen Brettspielen am Abend machte ich den Mund nur auf und zu und brachte mit großer Mühe einen Hauch heraus! Es ist vielleicht kaum zu glauben, aber wahrhaftig und wahr! Ich spielte das Spiel fast drei Wochen. Als es meiner Mamusch doch unheimlich wurde, ging sie mit mir zur Krankenkasse, wo viele Ärzte ihre Praxis hatten.

Ich ging ganz sorglos mit, denn ich wusste ja, dass auch sie „nichts" finden würden. Meine Mama musste im Wartezimmer bleiben. Es war diesmal eine jüdische Ärztin. Sie war sehr forsch, stellte viele Fragen, ohne von mir eine Antwort zu bekommen, und drückte ziemlich fest an meinem Hals herum. So rabiat hatte unser Feldscher das nie gemacht.

Da musste ich plötzlich ganz heftig schlucken und laut

husten. Sie sah mich eigenartig an und sagte: „Halt mal, das bewegt sich ja. Und es ist dein Kehlkopf und nicht eine Geschwulst, wie uns deine Mama gesagt hat und wir es fast glaubten. Mein Kind, du bist ja eine kleine Schwindlerin!" Und dann sagte sie noch ein mir völlig fremdes Wort, das wie simulantka (Simulantin) klang!

In diesem Augenblick war bei mir alles vorbei! Ich legte meine Arme fest um ihren Hals und fing furchtbar an zu weinen. Ich redete mir alles von der Seele: meine Angst vor der Schule, meine Angst vor dem Rechnen, die Angst, es meinen Eltern zu sagen. Und dass meine Eltern beide „keine Schule" hätten und mir deshalb nicht helfen konnten; dass wir kein Geld für Nachhilfestunden hätten und ich deshalb so oft die Schule schwänzen und immer die Kranke spielen müsste.

Sie hörte mir ganz ruhig zu (wie noch nie ein Mensch zuvor) und strich mir dann mit der Hand beruhigend über den Kopf. Ich hätte nie gedacht, dass diese strenge Ärztin so verständnisvoll und lieb sein könnte. Sie nahm mich an die Hand und sagte: „So, mein Kind, nun gehst du mit deiner Mama nach Hause und übermorgen wieder zur Schule. Du sagst allen, die Tante Doktor hätte deinen Hals heile gemacht."

Als wir in den Vorraum kamen, blinzelte sie mir zu und sagte zu meiner Mama: „Ihre Kleine kann nun wieder normal sprechen, und sie wird Ihnen am besten selber erzählen, wie wir das gemacht haben." Das war ein schlauer Schachzug von ihr und, wie ich meine, auch eine kleine Bestrafung für mich. Denn ich musste mir ja nun wieder eine Geschichte ausdenken, wie die Frau Doktor das große Wunder vollbracht hatte.

Das machte mir allerdings keine große Schwierigkeit. Ich sagte, sie hätte mir einen großen Pinsel, der mit einer ganz scharfen Flüssigkeit bestrichen war und schrecklich schmeckte, im Hals herumgekratzt. Und auf einmal hätte ich ganz laut „aaaa" sagen können.

Mein Papusch, meine Mamusch und mein Bruder, denen ich das zu Hause nochmals alles erzählte, staunten und lobten die kluge Frau Doktor. Sie freuten sich, dass ich nun meine Stimme wiederhatte. Das gab auch noch viel Gesprächsstoff für die polnischen Nachbarskinder.

Die Lehrer waren auch froh, mich wieder zu sehen, machten aber immer bedenklichere Gesichter wegen meiner Versetzung. Meine beiden „Rechnungshelfer" wollten mir zwar wieder für Geld behilflich sein, aber nun hatte ich die Bezahlung auf fünf Pfennig heruntergehandelt. So schlug ich mich mehr schlecht als recht durch die letzten Wochen.

Als Anfang Juni die Ferien begannen und wir Zeugnisse bekamen, blieb ich natürlich sitzen! Anfang August – es war August 1939 – sollte die Schule wieder losgehen. Aber in der Zwischenzeit waren die Kriegsparolen und die Kriegspropaganda immer heftiger geworden. Da wir selber kein kleines Radio hatten und keine Zeitung kaufen konnten, hörten wir alles nur von unseren Nachbarn und guten polnischen Freunden.

Die aber fingen an, uns scheel anzusehen und auch zu meiden, und wir konnten uns nicht vorstellen, warum!? Was gingen uns auch die Deutschen an? Unsere Schule war und blieb geschlossen … und am 1. September war Krieg. Die Deutschen marschierten ein und wir hatten erst einmal, bis alles „deutsch geordnet und eingerichtet" war, keine Schule. Erst Anfang November wurde unsere Schule mit deutscher Besetzung wieder eröffnet!

******

6. Episode – Unsere jüdischen Nachbarn in Lodz

Wenn ich hier von unseren Mitbürgern in Polen erzähle, fällt mir auf Anhieb ein in unserer Familie oft gebrauchter Ausspruch ein: „Das kann sogar ein kranker Jude essn." Das war bei uns das höchste Lob für eine gute Köchin, die ein leichtes und schmackhaftes Essen zubereiten konnte. Und meine Mamusch konnte das am besten beurteilen. Sie ging nämlich neben ihrer Schichtarbeit noch zweimal in der Woche zu den Juden Wäsche waschen und putzen. Kochen durfte sie nicht, aber sie saß mit am Tisch und konnte sich von der Kochkunst der jüdischen Hausfrau überzeugen. Nicht selten hat sie Anregungen für unsere Mahlzeiten mitgebracht. Wenn wir Kinder mal krank waren und keinen Appetit hatten, sagte sie: „Kost amal, wie gut das schmeckt. Des kann soga a kranker Jude essn!"

Da fingen wir an zu kosten und haben meistens den Teller leer gegessen. Da es bei den Juden kein fettes Schweinefleisch, sondern nur Rind, Kalb und Geflügel gab, war es für alle sehr bekömmlich. Meine Mama fühlte sich unter den Juden sehr wohl, denn sie waren immer freundlich und auch witzig.

Wenn sie ihr Osterfest (Passahfest) feierten, wurden meine Mama und eine polnische Nachbarin ein paar Tage vorher nach unten gebeten, um für das Fest die Matzen zu kneten und zu backen. Das sind ganz dünne Fladen aus besonderem Matzenmehl und Wasser. Sie waren leicht und knusprig und schmeckten sehr gut. Meine Mama freute sich über den zusätzlichen Verdienst, denn diese

Arbeit wurde gut bezahlt. Wir Kinder waren meistens dabei und schauten zu. Wenn es uns zu langweilig wurde, gingen wir nach draußen und spielten mit dem kleinen Moischele. Das war das kleine ein Jahr alte Enkelkind der alten Frau Bernstein. Da die Juden sehr kinderlieb sind, wurde der Kleine gehütet wie ein Augapfel. Ich als die Ältere (neun Jahre) wurde gebeten, gut auf den Kleinen aufzupassen und ihn an der Hand zu führen, da er gerade seine ersten Schritte machte. Dabei fällt mir eine – besonders für uns Kinder – lustige Geschichte ein.

Frau Bernstein hatte sich ein Huhn angeschafft, damit sie für den Kleinen jeden Tag ein frisches Ei hatte. Dieses Huhn lief frei bei uns im Hof herum und beschmutzte oft unsere Plumpe. Also mussten wir es von dort vertreiben. Aber wir, polnische und deutsche Kinder, mussten noch aus einem anderen Grunde wachsam sein. Oma Bernsteins „Hinkl" hatte nämlich eine Macke. Es legte sein Ei, wohin es gerade wollte – und zwar ohne Schale, nur in einer weichen Hauthülle! Da die Oma das Ei aber unbedingt haben wollte, mussten wir Kinder genau beobachten, wohin es ging und wann es anfing zu gackern. Dann musste das Ei ja bald kommen. Dann liefen zwei von uns schnell in ihre Wohnung und riefen: „ Oma Bernstein, das Ei kommt, das Ei kommt!" Sofort nahm die Oma ein kleines Schüsselchen und einen Löffel und kam mit nach draußen. Sie ging vorsichtig hinter dem Huhn her und sprach in jüdischer Sprache beruhigende Worte – so lange, bis das Ei herausfiel. Wenn es klappte und das Ei heil blieb, tat sie das „Weichei" in die kleine Schüssel und nahm es mit. Wir Kinder wurden gelobt und bekamen von ihr ein Zuckerle! Wir freuten uns alle, da unser kleines Moischele, das wir alle sehr gern hatten, nun sein Ei bekam.

Meine Mama ging fast nur in jüdische Geschäfte einkaufen und wir Kinder gingen gerne mit. Dort gab es für uns viele interessante Sachen zu sehen. Viele Lebensmittel waren in großen Säcken, großen Papiertüten oder einem riesigen Wandschrank in großen Schubladen untergebracht. Wir Kinder bekamen meistens, weil wir „ e braves Kindele" waren, ein kleines Stück Halva (etwas ganz Süßes, eine türkische Spezialität). Meine Mamusch konnte auch sehr gut handeln. Deshalb war sie bei den Juden sehr bekannt und wurde sehr geschätzt. Wenn sie gut drauf war, hat sie die Waren, meistens Textilien, auf ein Drittel des Preises heruntergehandelt. Für uns Kinder war es sehr spannend zuzuhören, wie sie feilschten, gestenreich redeten oder sich sogar anschrien – und das alles in einem lodzerdeutsch-jüdischen Wortgemisch. Am Ende gingen aber alle zufrieden und mit einem festen Handschlag auseinander.

Auch mein Papusch war bei unseren jüdischen Nachbarn sehr beliebt. Obwohl er ihnen öfter mal einen, wenn auch recht harmlosen, Streich spielte. Das war für uns Kinder immer sehr lustig. Wenn wir manchmal von einer fröhlichen Familienfeier nach Hause gingen, war es meistens schon nach Mitternacht, denn der Weg zu Fuß war weit. Geld für eine Droschke hatten wir nicht und die tramwai (Straßenbahn) fuhr nicht mehr. Wir Kinder waren sehr müde und fingen an zu quengeln, und unser Papusch hatte ganz schön einen in der Krone. Aber niemals war er fies betrunken, sondern gerade dann sehr lieb und lustig. Um uns Kinder bei Laune zu halten, versprach er uns: „No, Kinda, looft amal a bissl schnella. Wenn mia gleich zu Hause sind, da geejn ma wieda zum Herrn Bernstein und weckn ihm und fragen, ob a schonn schläft!" Da waren wir sofort begeistert und putzmunter! Und das ging fast immer so vor sich: Unsere Mama ging schon nach oben in unsere Stube. Unser Papa nahm uns an die Hand und wir gingen hinten herum an das Fenster der Bernsteins. Er klopfte leise an die Scheibe, und zwar so lange, bis drinnen das Licht anging. Erst dann sagte mein Papusch seinen uns allen bekannten witzigen Spruch, der eigentlich ein jüdischer Witz war:

„Moische, schluffst scho?" – „Nej, nej!" – „Borg me fuffzig Ribbl!" – „Iech schluff scho, iech schluff scho!" (Übersetzung: „Moische, schläfst du chon?" – „Nein, Nein!" – „Dann borg mir fünfzig Rubel!" – „Ich schlafe schon, ich schlafe schon!") Wenn der Herr Bernstein hörte, dass mein Papa seinen Spruch beendet hatte, machte er das Licht aus. Mein Papa ging zufrieden mit uns nach oben, und dann gingen wir alle fröhlich zu Bett.

Am nächsten Morgen, es war Sonntag, sagte meine Mama: „Georg, gleich nach'n Fristick gehjste zu unsan Bernstein runta und kuckst amal, ob a beejse is!" Mein Papa nahm uns Kinder an die Hand, steckte eine angebrochene halb volle Flasche Wodka ein und ging mit uns nach unten. Die Bernsteins saßen alle noch am Tisch, denn sie hatten gerade ihr Morgengebet beendet. Der junge Schwiegersohn stand auf, kam zu uns, legte meinem Papa die Hand auf die Schulter und sagte: „No, Cherr Nachbar, war'n Se haite in die Nacht woll ebbes beschickert?" Mein Papusch holte die Flasche hervor, die junge Frau nahm zwei Stakans (größere Schnapsgläser) aus dem Schrank und mein Papa schenkte ein. „Na zdrowie!" (Prost!), sagten beide und tranken ihre Stakans leer. Der alte Herr Bernstein sagte noch: „Off ne gitte Nachbarschaft und e langes Leebn!" Damit war alles wieder gut. Wir Kinder bekamen noch ein paar Zuckerle und durften wieder draußen mit dem Moischele spielen.

Leider hielt das fromme Wunschdenken unserer Nachbarn nicht mehr lange an. Als das Schicksalsjahr 1939 kam, war alles vorbei. Im Juli 1939 (es waren unsere letzten Ferien) verabschiedeten sich die Bernsteins von allen, um in den Urlaub zu fahren – angeblich in den beliebten Urlaubsort Zakopane. Als sie aber nach vier Wochen noch nicht zurück waren, haben wir uns bei unseren bekannten jüdischen Geschäftsleuten nach ihnen erkundigt. Sie wären ausgewandert, hieß es – und keiner wüsste wohin. Wir konnten es gar nicht fassen. Ohne uns etwas zu sagen, waren sie weggefahren – und weshalb? Es hatte ihnen doch niemand etwas getan! Wir vermissten sie!

Als aber nach dem Einmarsch der deutschen Truppen (in Lodz waren sie erst am 4.9.1939) ein paar Monate später das Trauerspiel mit den Juden anfing, waren wir alle froh, dass unsere Bernsteins sich noch rechtzeitig in Sicherheit gebracht hatten.

******

7. Episode – Mein Papusch war der Allerbeste

Auch wenn unser Papa weder lesen noch schreiben konnte – er war für uns doch der Klügste, der Witzigste, der Lustigste und der Allerschönste „von der Welt". Was alle anderen aufschreiben mussten, hat er sich alles im Kopf gemerkt. Ein schönes Lied, manchmal nur dreimal gehört, konnte er mit Text und Melodie nachsingen. Dann begann er sich selber auf der Gitarre zu begleiten, und es klappte wunderbar! Alles nur nach Gehör.

Sein großer Ärger aber war, dass er, wie er sagte, „keine Schule" hatte und als Unterschrift nur drei Kreuze machen konnte. Wenn wir Kinder über die Schule schimpften, hielt er uns fast immer eine kleine Predigt, und die lautete fast wortwörtlich: „No, Kinda, jammat amal nich iba die Schule und lernt amal schejn. Eich solls doch amal bessa gejn. Kuckt amal, iche hab zwee Augn und bin doch blind, weil iche nich lesn und nich schreibn kann. Weeßt ia was? Wenn ich des alles kennte wie nich, da wer iche schonn de Birgameista von Lodsch!"

Aber auch ohne die Schule war er als Arbeiter sehr geschätzt. In einer großen jüdischen Stofffärberei wurde er sogar Färbermeister, da er alle Farbmischungen im Gedächtnis hatte. Die Fabrikherren waren sehr zufrieden mit ihm, zumal ihm nie ein Fehler unterlief, wodurch die ganze Stoffserie verdorben worden wäre. Alle seine Kollegen bewunderten ihn. Sie konnten ebenfalls nicht lesen, blieben aber nur Hilfsarbeiter. Sie hatten eben nicht den „guten Kopf".

Wie gesagt: unser Papa war der Klügste!

Und witzig war er wie keiner. Er hat für uns Kinder die schönsten Spiele erdacht; denn außer Halma, Mensch ärgere dich nicht, Dame und Mühle gab es keine Brettspiele. Ach, jetzt fällt es mir wieder ein: Domino und Tischlotto hatten wir auch.

Aber die schönsten Spiele waren die von ihm ausgedachten. Wenn ich die hier aufzählen wollte, wäre es ein Buch für sich. Einige davon möchte ich aber beschreiben, und zwar solche, mit denen er uns beschäftigte und gleichzeitig aus der Not ein Spiel machte.

Wenn er sich zum Mittagsschlaf hinlegte – das konnte er ja nur am Sonntag – und die Fliegen ihn ärgerten, sagte er: „No, Kinda, fangt mia amal die voflikschtn Fliegn weg, dass iche a bissl schlafn kann. Ia wisst ja schonn, wie imma!"

Da wussten wir Bescheid und machten uns gleich an die Arbeit. Und das ging so: Jeder hatte eine Flasche. Die füllten wir halb voll mit Wasser, taten etwas Essig dazu, nahmen einen passenden Korken, und dann ging es los! Mit der rechten oder auch linken Hand wurden die Fliegen blitzschnell geschnappt und in die Flasche gesteckt, den Korken drauf, die Flasche etwas geschüttelt – und fertig. Durch das Essigwasser waren sie meistens gleich tot.

Das hört sich vielleicht grausam an, aber mein Papusch sagte, sie quälten sich weniger als am Honigfliegenfänger. Nach zwei Stunden hatte unser Papa ausgeschlafen. Jeder von uns nahm eine alte Schüssel und goss das Fliegenwasser hinein. Wir zählten unsere Fliegen. Es gab bares Geld! Für zehn Fliegen gab es fünf Groschen. Wenn wir gut drauf waren und die Quälgeister dumm, bekam jeder von uns 20 Groschen zusammen.

Wir Kinder wandten oft eine List an. Wir machten dann zwei Häufchen mit Zucker auf dem Tisch. Wenn sich viele Fliegen darauf setzten, machten wir mit der Hand schnell schwupp und hatten manchmal vier bis fünf auf einen Streich in der Faust. Das war schnell verdientes Geld und hat auch noch Spaß gemacht.

(Diese Fliegenfangkunst hat sich in der Familie vererbt. Wenn mein Sohn mit meinem Enkel zu Besuch ist, fangen wir die Fliegen um die Wette! Mein 14-jähriger Enkelsohn übertrifft uns alle dabei!)

Die Fliegenplage war damals im Sommer schrecklich. Fliegengift mochten wir nicht und Sprays gab es ja damals noch nicht. Wir hängten nur Honigfliegenfänger an die Decke. Aber wir Kinder waren ja auch noch da!

Ein anderes Lehr- und Zweckspiel war das Mäusefangen. Wir hatten in unserer Wohnung eine Dachschräge, die eigentlich ein Taubenschlag war, mit einer kleinen Tür. Unser Papusch hatte nämlich einen Flug Tauben von 30 Tieren. Dort gab es viele Mäuse in der Futterkiste. Nicht wenige verirrten sich in unsere Stube, und die mussten weg. Da mein Papa aber keine Giftkörner streuen wollte, hatte er sich verschiedene Fallen ausgedacht, um die Mäuschen lebend zu fangen und sie nicht zu verletzen.

Er nahm eine eckige, hohe alte Kuchenform und stellte sie umgestülpt auf eine dicke Pappe. Dann wurde ein glatter Holzspatel, solch einer, wie ihn der Hals-Nasen-Ohren-Arzt benutzt, abgefertigt. An einem Ende wurde das Holzstück etwas eingekerbt und ein kleines Fitzelchen gebratener Speck eingeklemmt. Das Ende mit dem Speck wurde unter das Blech geschoben.

Auf dem Ende nach außen hin wurde ein kleines Stück von einer Glasscheibe gelegt. Auf das glatte Glas stellte er einen dünnen, etwa drei Zentimeter langen Holzpflock, um das Blech zu stützen – fertig war die Falle.

Wenn die Maus unter das Blech kroch, um an den leckeren Speck zu kommen, und ihn nur ganz leicht berührte, rutschte das kleine Stäbchen von der Scherbe, das Blech klappte zu und die Maus war gefangen. Schade, dass ich nicht gut zeichnen kann, dann würde ich von dieser Konstruktion eine Skizze machen.

Wir Kinder halfen unserem Papusch immer und reichten ihm alle Dinge zu, die er zum „Fallenbau" brauchte und die wir gemeinsam vorher angefertigt hatten. Am nächsten Morgen – es war fast immer ein Sonntag – waren wir alle gespannt, ob eine Maus drin war.

Um sie heil herauszukriegen, war Vorsicht geboten. Wir hoben die Pappe samt dem Kuchenblech hoch und hielten das Ganze über einen leeren Eimer. Der Pappdeckel wurde vorsichtig Stück für Stück weggezogen, bis die Maus aus dem nun entstandenen Ritz in den Eimer fiel. Dieser war ja glatt und sie konnte nicht mehr heraus.

Wir betrachteten sie, redeten ihr gut zu und gaben ihr ein paar Krümel Brot. Am Nachmittag, wenn wir gemeinsam einen Spaziergang machten, trugen wir Kinder den Eimer mit der Maus und ließen sie dann auf einem etwas entfernten Feld frei. Das war für uns alle ein schöner Sonntag.

Die Kuchenblechfalle war aber nicht die Einzige. Auch ein altes ausgedientes Schneiderbügeleisen musste herhalten. Solch ein Bügeleisen war innen hohl und sehr schwer. Wenn man bügeln wollte, musste ein dicker Eisenbolzen, der genau die Form des Bügeleisen hatte, in unserem Kohlenherd glühend gemacht werden. Mit einer Spezialzange wurde er in das Eisen getan und die Klappe verschlossen. Dann ging das Bügeln los … wenn man es handhaben konnte, denn es war sehr schwer.

Die Holz-und-Glas-Kombination war die Gleiche wie beim Kuchenblech. Nur klappte hier die kleine eiserne Falltür herunter und erfüllte denselben Zweck.

Ja, unser Papusch und seine Tauben und seine Vögel waren ein Kapitel für sich. Wir wuchsen mit den Tieren auf und halfen beim Füttern und Saubermachen und bei der Aufzucht. Wenn ein Taubenpaar von einem Flug nicht zurückkam, da es wohl von einem Raubvogel gerissen worden war, mussten wir die Taubenjungen von Hand großziehen.

Man musste dabei das Täubchen auf die Knie nehmen, mit der linken Hand den Schnabel öffnen und mit der anderen Hand Erbsen hineintun. Wir hatten solch eine Fertigkeit darin, dass nach zehn Minuten der kleine Kropf voll war. Noch zwei Teelöffel Wasser hinterher, und das Taubenkind saß dann satt und zufrieden in seinem Nest.

Unser Papa brachte uns auch das Pfeifen bei, damit wir die Tauben anlocken konnten. (Noch heute kann ich fast wie Ilse Werner alle Lieder pfeifen.)

Am Wochenende ließ er seinen Flug aufsteigen, stellte sich im Hof hin und machte Kunststückchen mit den Tauben, zur großen Freude unserer Nachbarn, die gemütlich auf der Plumpe saßen und sich über die Unterhaltung freuten.

Wenn die Tauben ein paar Runden um das Haus gedreht hatten, setzten sie sich alle auf das Dach. Mein Papa stand im Hof, klapperte mit der Futterdose und ließ einen bestimmten „Lockpfiff" ertönen. Da kamen alle Tauben heruntergeflogen und setzten sich ihm auf Kopf, Arme und Schultern, einige sogar auf die Schuhe. Sie pickten die Erbsen aus der Hand und aus dem Mund.

Alle Kinder und Nachbarn freuten sich über das Schauspiel. Die Tiere liebten meinen Papusch genauso wie er sie. Wenn ihnen etwas fehlte, versorgte er sie wie ein Tierarzt. Jeden Abend, wenn er von der Arbeit kam, kontrollierte er, ob sie alle heile waren. Sie konnten ja den ganzen Tag über durch das Flugloch ein- und ausfliegen, und man wusste nicht, was ihnen dabei passiert war.

Nicht selten kam es vor, dass eine Taube mit einer Wunde am Flügel oder mit einem gebrochenen Beinchen mit letzter Kraft in den Stall zurückkam. Er versorgte dann die Wunde mit Jod und machte einen kleinen Stoffverband um den Flügel.

Das gebrochene Beinchen wurde mit zwei Streichhölzchen geschient und mit einer kleinen Mullbinde umwickelt.

Zweimal kam ein Tier mit einem zerrissenen Kropf nach Hause. Beim Füttern merkte mein Papa, dass das Fressen wieder herausfiel. Er nahm eine ganz feine Nähnadel, brannte sie über einer Kerze ab, nahm ganz dünne Nähseide und nähte den Kropf wieder zu.

Die so behandelten Tauben wurden anschließend in eine kleine Kiste gesetzt und von uns mit Futter und Wasser versorgt. Nach acht bis zehn Tagen waren sie wieder fit!

Wir Kinder mussten unserem Papa immer zur Hand gehen und aufpassen, wie es gemacht wurde, und die Tauben festhalten.

Es waren bestimmt keine kostbaren Rassetauben oder Brieftauben. Aber für uns waren es die Schönsten und die Besten. Weil sie so von unserem Papa dressiert waren und an ihm hingen, hat er oft Experimente mit ihnen gemacht.

Er verkaufte ein ganz bestimmtes Taubenpaar auf dem Taubenmarkt und schloss mit den Nachbarn eine Wette ab, dass das Paar spätestens in drei Wochen wieder zurückkehren würde. Er bekam dafür immer vier Zloty und wettete um zwei Zloty.

Bei dem Stichwort Taubenmarkt fällt mir eine ärgerliche, aber für uns Kinder sehr lustige Geschichte ein. Als unser Papa wieder einmal zum Baluter Ring (ein großer Markt in Lodz) ging, um zum soundsovielten Mal seine „immer wieder zurückkehrenden" Tauben zu verkaufen, hat ihm ein Taschendieb seine alte silberne Uhr geklaut.

Er trug sie immer an einer dünnen silbernen Kette in der Westentasche. Die Tauben war er zwar losgeworden, aber sein Prachtstück, die Taschenuhr, eben auch. Als er das auf dem Nachhauseweg merkte, war es zu spät. Er schimpfte mächtig über den Gauner, aber nicht zu lange. Dann wurde er still und dachte nach.

Am nächsten Tag sagte er zu uns: „No, wat amal, iche hab mia schonn was scheenes ausgidacht. Wenn iche nächste Woche wida uffn Markt geh, da werd, da werd iche ihm ejne Falle stelln." Wir waren gespannt wie die Flitzbogen, was er sich wieder ausgedacht hatte.

Einen Tag vorher nahm er eine leere, runde Globinschachtel (das war Schuhcreme von Erdal mit dem Frosch) und durchbohrte sie, befestigte eine dünne Schnur daran und steckte sie an den gewohnten Platz in der Westentasche.

Dann ging er zum Markt, aber ohne Tauben, nur auf „Diebesfang"! Dort spazierte er, wie er uns dann erzählte, zwischen den aufgebauten Ständen hin und her, reckte die Brust heraus und machte „eine Unschuldsmiene"! Als er nach drei Stunden wiederkam, fragten wir ganz aufgeregt: „Na, Papusch, hast du den Klauer gekriegt? Wo ist er, was war los?" Da schimpfte er: „Nee, nischt war los. So eine Kacke. Desmal wa de voflikschte Spitzbube noch schlaua als iche!" Das waren für uns Kinder ganz neue Töne. Denn für uns war er immer der Schlaueste.

Er war nicht nur ein Tauben-, sondern auch ein Vogelliebhaber. In unserem Fenstererker hingen sechs Käfige mit Singvögeln: Zeisige, Stieglitze und Hänflinge. Die „Piepmätze", wie wir sie nannten, fühlten sich pudelwohl. Sie wurden von uns aber auch sehr gut behandelt und versorgt.

Alle hatten eine Aufgabe, um sich abwechselnd um die Vögel zu kümmern. Sie bekamen jeden Tag ihr frisches Salatblättchen, frische Vogelmiere und ein bis zwei Mehlwürmer, die wir in einem alten Steintopf im Mehl züchteten. Ein Spezialfutter für Singvögel bekamen sie auch, aber hauptsächlich im Winter, wenn es nichts Grünes gab.

Zweimal in der Woche wurden die Käfige sauber gemacht und mit feinem weißen Sand ausgestreut. Sie sangen und zwitscherten den ganzen Tag und putzten sich, bis es Schlafenszeit war. Dann wurden weiße Tücher über die kleine Gesellschaft gehängt, und es wurde sofort still.

Wenn wir aber am Wochenende Besuch hatten und die Männer schon einen Kleinen in der Krone hatten, führte unser Papusch auf unseren Wunsch ein Kunststückchen mit seinem Lieblingsvogel vor. Natürlich wurde auch gleich wieder eine Wette abgeschlossen, und zwar: ob ein Vogel um elf Uhr nachts in der Hand singen würde.

Mein Papa griff vorsichtig unter das Tuch, das über dem Käfig hing, in dem sein Lieblingszeisig war. Er öffnete langsam die Tür und nahm den Vogel vorsichtig in die linke Hand, alles ganz langsam und leise. Er machte eine richtige Schau daraus. Alle waren still und sehr gespannt, was nun folgen würde.

Das Vögelchen saß ganz ruhig in seiner Hand und sah sich neugierig um. Dann kraulte mein Papusch ihn mit dem rechten Zeigefinger ganz sachte und liebevoll am Köpfchen und sagte mit zärtlicher Stimme: „No, mein kleenes Mätzl, sing amal a scheenes Liedl. Du kannst des doch so scheen. Sing amal, sing amal und mach amal tidl, tidl, täääät!"

Nach der dritten Aufforderung öffnete der goldige Zeisig sein Schnäbelchen und sang seine kleine Melodie. Manchmal dreimal hintereinander, und das in der Hand! Wir mussten immer ganz still sein, bis der Vogel wieder im Käfig und mit dem Tuch zugedeckt war. Dann erst durften die Gäste in Verwunderungsrufe ausbrechen. Mein Papa hatte wieder einmal gewonnen und die nächste Runde ging an die Verlierer.

Weil unser Papusch so witzig und lustig war, hatten ihn alle Nachbarn und vor allem die Kinder sehr gern. Wenn wir im Sommer bei herrlichem Wetter eine Maiuwke (Ausflug) mit den Nachbarsfamilien machten, ging er mit seiner Gitarre voran, spielte abwechselnd deutsche und polnische Lieder und sang wunderschön dazu.

In unserem Schulwald packten alle das mitgebrachte Essen aus. Das bestand meistens aus leckerem Kartoffelsalat, dazu kalte Koteletts, hart gekochte Eier und schöne große „Puttaschnieten" (Butterschnitten).

Zu trinken gab es selbst gemachtes Bier und kalten Tee mit Zitrone und Zucker. Für uns Kinder gab es Kwas (ein süßes russisches Getränk) oder Sodawasser. Dann wurden Hängematten zwischen die Bäume gehängt und Alt und Jung durften erst mal nach Lust und Laune „schumpain" (schaukeln).

Unser Papusch spielte mit den Erwachsenen selbst erdachte Spiele. Alle Kinder spielten aber am liebsten mit ihm Verstecken und Blindekuh. Das war immer sehr lustig. Da die polnischen Kinder auch unbedingt Deutsch sprechen lernen wollten, versuchte er ihnen spielend die deutsche Sprache beizubringen. Er reimte deutsch-polnische Abzählverse für uns, und die gingen so:
„Ma-ma, Ma-ma, ich bin dia gut
und kaoof di-a een neu-en Som-ma-hutt."
… oder deutsch-polnisch gemischt:
„Mu-cha Fliege, Kos-sa Zie-ge,
Za-jonc Ha-se, leck mi-a ma-sche."
Unsere Mama sagte, das Letzte sei zu frech. Aber die polnischen Kinder plapperten alles fröhlich nach und mein Papusch sagte: „Sei amal ruhig. Die missen och amal was Kräftiges lern."

Der ausgezählten „blinden Kuh" wurden die Augen

verbunden und wir versteckten uns hinter Bäumen und Büschen. Der „Kuh" wurde dann das Tuch abgenommen und sie musste uns nun alle finden.

Wenn manches kleine Dummerchen uns lange nicht finden konnte, hat mein Papa etwas Hilfestellung gegeben. Er hat mit den Augen gezwinkert, sich an einem ganz bestimmten Baum geräuspert oder heiß und kalt gesagt. Das war gemogelt, aber wir Kinder waren ihm niemals böse. Dann machte er mit allen die schönsten Pfänderspiele.

Zum Mittag wurden die mitgebrachten Decken im Wald auf der Wiese ausgebreitet, und dann wurde gemeinsam geschmaust. Ein polnischer Nachbar hatte einen Eiswagen besorgt und herrliches gelbes und rosa Eis gemacht. Alle bekamen eine Waffeltüte voll.

Dann machten unsere Eltern ein kleines Nickerchen und wir mussten in dieser Zeit etwas ruhiger sein. Nach der Pause wurde wieder gesungen und gespielt. Dann ging es langsam ans Einpacken, denn wir hatten noch einen langen Heimweg vor uns. Ich schätze, so fünf bis sieben Kilometer waren es. Wir waren alle sehr müde, aber sehr glücklich.

Die kleineren Kinder wurden mit im Bollerwagen neben dem Geschirr und den Decken untergebracht. Und dann ging es mit Gitarrenspiel und etwas „müdem Gesang" nach Hause.

Wenn ich so nachdenke, gab es wohl nicht viel, was mein Papusch nicht konnte, um die Leute zu unterhalten. Er hatte eine sehr schöne Stimme (eine Mischung aus Tenor und Bariton). Wir Kinder mussten von klein auf alle Lieder mitsingen. Zu mir sagte er immer: „Du musst imma a bissl tiefa singn wie iche. Des is dann die zweete Stimme!" Unsere Mamusch sang einen sehr schönen Sopran dazu.

Alle unsere Bekannten freuten sich, dass wir so schön zusammen singen konnten. Ich habe später in der Schule im Chor den zweiten Alt gesungen und immer eine Eins in Musik gehabt. Noch heute, wenn meine drei Brüder und ich die alten Lieder auf Familienfeiern vortragen, sind alle begeistert. Jedes von uns Geschwistern kann ein oder zwei Musikinstrumente spielen. Ich selber spiele Mundharmonika und Ziehharmonika – und alles ohne Noten!

Ja, unser Papusch hat uns ein schönes Erbe hinterlassen. Sonst nichts weiter, denn wir lebten in ärmlichen Verhältnissen. Trotzdem hätte ich es niemals anders haben wollen. Wir hatten eine „arme", aber schöne, glückliche Kindheit. Das kann man von manchen Kindern heute trotz Fernsehen und Computerspielen nicht behaupten.

Ja, unser Papusch war schon eine Marke für sich! Und für uns der Schönste. Am 4. Dezember 1900 geboren, war er damals erst 39, als der Krieg ausbrach. Er war 1,78 Meter groß, hatte pechschwarze, gewellte Haare, dicke schwarze Augenbrauen, lange schwarze Wimpern und schöne blaue Augen. Alle sagten, er sei ein „Rassemann". Die dicken schwarzen Brauen haben wir Kinder und auch meine Söhne von ihm geerbt. Aber die Augen von unserer Mama – ganz dunkel.

Als wir dann 1946 nach Deutschland flüchteten, sah ich zum ersten Mal einen deutschen Film: „Der Zigeunerbaron" mit Adolf Wohlbrück – frei ab 18 Jahren. Ich starrte auf die Leinwand und dachte erst, das wäre mein

Papusch. Wie gesagt, er konnte sehr schön singen und mit seinem Humor die Leute unterhalten. Deshalb wurden meine Eltern zu allen Hochzeiten in der Familie und in der Nachbarschaft eingeladen.

Bei acht polnischen Kindern war er der Patenonkel. Mit unserer Mamusch sang er im Duett die schönsten Lieder. Die Polen nannten die beiden immer „Jan Kiepura und Martha Eggert"! Wenn alle Bekannten seine schönen, ebenmäßigen Zähne bewunderten, machte er gleich einen Spaß daraus und sagte. „Des sind alles falsche. Soll ich se mal rausnehm? Die mach iche jeden Abnd raus und putz se scheen mit ne kleine Beschte (Bürste) und grinje Seife!"

Wir kringelten uns alle vor Lachen! Seine Familie stammte ursprünglich aus dem Rheinland und die Familie unserer Mamusch aus Thüringen. Ihrer beider Großeltern waren vor vielen Jahren aus Deutschland ausgewandert, um in Polen als Weber zu arbeiten.

Viele werden sich vielleicht wundern, dass ich so begeistert von meinem Papa erzähle. Aber wir liebten ihn abgöttisch. Als er 1945 als vermisst gemeldet wurde, ging nicht nur eine Welt für uns alle unter. Bis heute haben wir trotz intensiver Suche durch das Rote Kreuz nie wieder etwas von ihm gehört.

Als unsere Mama ihn hier in Deutschalnd wegen der Witwenrente für tot erklären lassen musste, haben wir alle tagelang geweint. Schade, dass meine Söhne und mein Enkelsohn ihren Opa und Uropa nie kennen lernen durften. Sie hätten bestimmt genauso viel Spaß miteinander gehabt wie wir Kinder in Lodz, unserer Heimatstadt.

******

8. Episode – Deutsch-polnische Nachbarschaft

Wenn ich heute nach so vielen Jahren an unser nachbarschaftliches Zusammenleben mit den Polen und Juden denke, kommt mir das alles ganz unwirklich vor. Und doch ist alles wahr.

Denn wir hatten ja nicht nur miteinander gefeiert und Spaß gehabt. Einer hat dem anderen in vielen Notlagen geholfen und im Leid getröstet. Dass dies alles ab 1939 ein Ende hatte und wir uns nur noch feindselig gegenüberstanden, uns beschimpft und gegenseitig belauert haben – das will mir heute nicht mehr in den Kopf. Aber ich will erst einmal von den schönen Begebenheiten aus meiner Kindheit erzählen.

Also, in unserem Haus war eine Nachbarstochter, meine liebste Freundin Daniela! Sie war zwei Jahre älter als ich und konnte nicht zur Schule gehen, weil sie die „schwere Krankheit" hatte. Wie ich heute weiß: die Epilepsie. Sie war nicht dumm, nur eben durch das Leiden behindert. Wir spielten oft Dame, Mühle und schwarzer Peter. Sie war sehr schlau und sehr gewitzt und hat meistens gewonnen.

Wenn wir aber miteinander im Hof Verstecken oder Jagen spielen wollten, wurde das schon schwieriger. Sie bekam ja manchmal einen Anfall, das heißt, sie verdrehte die Augen, fiel um, wand sich in Krämpfen, bekam Schaum vor dem Mund – und machte sich in die Hose!

Die anderen Kinder standen dann gaffend herum und lachten sich kaputt. Aber ich nicht! Denn unsere Nachbarin hatte mir, als der besten Freundin, genaue Anweisungen gegeben, wie ich bei solchen Anfällen mit Daniela umgehen sollte.

Ich hatte fast immer einen Eisenschlüssel und ein Stück Tuch bei mir. Wenn der Anfall kam und sie auf dem Boden lag, kniete ich mich vor sie hin, steckte ihr in die verkrampfte Hand den Schlüssel und zwischen die Zähne das Stück Tuch. Der Schlüssel sollte angeblich die Verkrampfung etwas lösen und das Tuch sollte verhindern, dass sie sich die Lippen zerbiss.

Dann legte ich ihren Kopf auf meine Knie, streichelte sie und redete beruhigend auf sie ein, bis der Anfall vorüber war. Wenn sie wieder aufstehen konnte, half ich ihr dabei, so gut ich konnte. Sie war sehr schwer und zwei Köpfe größer als ich.

Die anderen Kinder standen dabei und sahen zu. Da Daniela auch noch in die Hose gepinkelt hatte, fingen diese „Blöden", wie ich sie immer nannte, an zu lachen. Aber ich führte Daniela langsam die Treppe hoch und wir brachten sie mit ihrer Mutter gemeinsam ins Bett.

Vielleicht hing ich gerade wegen dieser Krankheit so an ihr – und dass ich sie so bemuttern durfte. Unsere Nachbarin war sehr froh, dass sie mir ihre Tochter anvertrauen konnte, hat sich vielmals bedankt und mich sehr gelobt.

Deshalb war ich sehr traurig, als das 1940, nur ein Jahr nach dem Einmarsch der deutschen Truppen, mit ihr geschah. Daniela wurde krank, Sie bekam eine schlimme Grippe und musste ins Krankenhaus! Und von da kam sie nicht wieder. Sie sei gestorben, hieß es. Aber die Mutter sagte uns, sie hätten ihr eine Spritze gegeben, und sie sei daraufhin für immer eingeschlafen. Ich konnte das nicht fassen und habe lange geweint.

Ich kann natürlich nicht über jeden Tag aus meiner Kindheit schreiben. Das wäre für viele viel zu langatmig oder auch langweilig. Außerdem wollte ich ja nur darüber berichten, woran ich mich selber erinnern kann und was ich nicht nur vom Hörensagen kenne. Das aber waren nur die Jahre von 1935 bis 1939. Ab 1940 begann schon der zweite Abschnitt meines Lebens.

Aber einige Begebenheiten – für uns Kinder waren dies damals spannende Erlebnisse – haben sich bei mir im Kopf so festgesetzt, dass ich alles noch heute genau vor mir sehe.

Da war zum Beispiel das „Federschleißen"! Wer das Wort nicht kennt, kann sich nichts darunter vorstellen. Also, das war so: Wenn wir auch alle keine reichen Leute waren, so haben wir doch großen Wert auf die besten Federbetten gelegt. Beim Bauern – jeder hatte so seine bekannten Lieferanten – wurden Federn bestellt. Das waren aber nicht nur irgendwelche Federn, sondern Gänsedaunen von lebenden Tieren. Diese wurden in einem riesigen Sack vom Bauern auf einem Pferdeleiterwagen bis vors Haus gebracht. Alle Nachbarn hatten schon Bescheid bekommen und kamen am Abend zu dem besagten „Federschleißen".

Dafür mussten viele Vorbereitungen getroffen werden. Viele Stühle und Schemel, einige wurden mitgebracht, wurden in einem Kreis aufgestellt. Es wurde ziemlich eng, denn so viel Platz hatten wir nicht in einem Wohn-, Schlaf- und Kochraum. Deshalb mussten die Kinder, die mitmachen wollten, eine zweite kleine Reihe bilden.

An die Decke wurde eine große Petroleumlampe tief gehängt, damit man alles besser sehen konnte. In die Mitte wurde der Sack mit Federn gestellt, und jeder von uns bekam einen Karton oder eine kleine Schüssel auf den Schoß.

Aber das Schönste für uns Kinder waren die Masken für alle. Da wurden saubere Geschirrtücher zu einem breiten Streifen gefaltet, vor Mund und Nase gehalten und am Hinterkopf verknotet. Das sah sehr witzig aus und wir haben dabei tüchtig gekichert und geprustet, weil das so gespenstisch war!

Alle bekamen noch ihre eigene große Papiertüte, und dann ging es los. Bevor die Nachbarn Platz nahmen, wurden alle erst mal mit einem Glas Wodka begrüßt. Jeder nahm dann ganz vorsichtig eine Hand voll Federn aus dem Sack und begann zu schleißen, das heißt, die Daunenfedern mussten sauber von den kleinen Federkielen befreit werden.

Die Kiele kamen als Abfall in den Karton und die reinen Daunen („Puch") wurden mit der rechten gefüllten Hand vorsichtig in die Tüte getan. Bis sich alle etwas eingearbeitet hatten, war es erst mal ganz still und alle konzentrierten sich auf die Arbeit.

Aber nach und nach fingen die maskierten Gestalten an zu sprechen. Da durch das Tuch vor dem Mund die Atemluft gebremst war, blieben die Daunen an ihrem Platz und flogen nicht herum.

Es wurde über Tagesbegebenheiten, über Krankheiten und Sorgen gesprochen und so mancher Witz erzählt. Bei den Witzen spitzten wir Kinder ganz besonders die Ohren. Manche waren aber sicher nicht für unsere Ohren bestimmt. Wir erlaubten uns so manches Mal auch so unseren eigenen Scherz und bliesen absichtlich unter dem Tuch hervor.

Und schon flogen die Daunen in die Luft und wir hatten uns einige Ohrfeigen eingefangen. Diese wurden aber erst einmal nur angedroht und für später aufgehoben. Damit hatten wir natürlich gerechnet.

Denn beim sofortigen Austeilen der Ohrfeige hätte es zu viel Wind gegeben und die Federn wären in der Stube herumgeflogen. Doch später, das war weit, und nachher waren die „Kopfnüsse", vor allem wenn wir gut gearbeitet hatten, vergeben und vergessen.

Zwischendurch schenkte mein Papa wieder jedem einen Wodka ein. Dazu mussten die „Trinker" ihr Tuch anheben, um den Schnaps hinunterkippen zu können. Das sah wieder sehr lustig aus. Auch uns Kindern machte es Spaß, unsere Limonade unter dem Tuch zu trinken, und es gab wieder verhaltenes Kichern dabei.

Diese Gemeinschaftsarbeit dauerte meistens bis Mitternacht, und es wurde eine ganze Menge geschafft. Alle waren fleißig dabei, und das mussten sie auch. Denn in einer Woche sollte die benötigte Menge für ein Federbett geschafft sein. Ich glaube, es wurden ungefähr 1500 Gramm benötigt.

Das hört sich nicht viel an Gewicht an, aber an reinen Daunen war das eine riesige Menge. Meine Mama füllte die geschlissenen Daunen jeden Abend aus den Tüten in das dafür vorgesehene Inlett. Diese Betten waren im wahrsten Sinne des Wortes „federleicht" und wärmten uns wunderbar im kalten polnischen Winter.

Man konnte sie noch so fest zusammendrücken oder schnüren: Wenn man sie wieder aufschnürte, „gingen sie hoch". Es waren eben Daunen von lebenden Gänsen und, wie ich heute weiß, unbezahlbar und erste Qualität.

Leider wurden unsere schönen, guten Betten bei unserer Flucht 1946 völlig verdorben und verklumpt. Denn sie wurden im Übergangslager Marienborn mit Dampf desinfiziert. Da waren sie natürlich hin. Wenn sich damals ein anderer Nachbar wieder einmal ein Federbett leisten konnte, wurde die ganze Gesellschaft zu ihm bestellt und die gleiche Zeremonie ging wie gewohnt los.

Eine andere kleine Geschichte hat sich mir ebenfalls tief eingeprägt und bewegt mich noch heute.

Meine Mamusch war eine sehr mitleidige und hilfsbereite Frau. Soweit es in ihrer Macht stand und sie mit dem Wenigen, das wir hatten, helfen konnte, tat sie es. Als nun unsere böse und etwas bissige deutsche Hausbesitzerin einem älteren polnischen Ehepaar die Wohnung kündigte, weil sie die Miete nicht bezahlen konnten, nahm sie die Leutchen bei uns auf.

Man hatte sie einfach auf die Straße gesetzt. Da sich niemand, auch nicht von den polnischen Nachbarn, darum kümmerte, griff unsere Mama ein! Sie hatten aus ihrer Wohnung gerade mal ihr Bett mitnehmen dürfen.

Das wurde bei uns in der sowieso schon so engen Wohnung aufgestellt. Es war wirklich sehr knapp und wir konnten uns kaum umdrehen. Sie mussten auch auf unserem Kohleherd kochen und sich in unserer Waschschüssel waschen.

Aber unsere Mamusch hat das alles so gut organisiert, dass es tatsächlich ganz gut ging. Wir Kinder gewöhnten uns auch schnell an diese lieben alten Menschen und nahmen sie in unserem kleinen Familienkreis auf.

Am Abend spielten wir unsere geliebten Brettspiele mit ihnen oder sie erzählten uns alte Geschichten. Vier Wochen waren sie bei uns. Dann haben sich Verwandte ihrer erbarmt und sie zu sich aufs Land geholt, wo sie einen winzigen Bauernhof hatten. Als sie eines Tages abgeholt wurden, waren wir alle trotz allem etwas traurig. Die alten Leutchen haben sich tausendmal für alles bedankt und wollten ihr ganzes Leben für uns beten.

Dann war da noch ein guter Brauch, der in unserer deutsch-polnischen Gemeinschaft gepflegt wurde: Wenn eine Nachbarin krank wurde, war es ganz selbstverständlich, dass sich die anderen abwechselnd um die Kinder und den Haushalt kümmerten. Die Kranke, die Kinder und der Vater wurden bekocht und verpflegt.

Jeden Tag aßen wir mit von dem, was sie gerade hatten. Da fällt mir ein, dass unsere Frau Bernstein die beste Hühnersuppe kochen konnte. Die schmeckte uns allen am allerbesten. Die jüdische Nachbarin freute sich immer, weil es uns so gut schmeckte.

Wenn in einer Familie ein Kind geboren wurde, gab es viel zu tun. Eine Hebamme musste geholt werden, denn es wurde zu Hause entbunden, da für einen Krankenhaus-aufenthalt meistens kein Geld da war. Nach altem Brauch dauerte das Wochenbett 14 Tage. Da gab es viel Arbeit.

Das Baby musste jeden Tag gebadet und gewickelt werden. Das Kleine mit Nahrung zu versorgen war kein Problem, denn die Kinder wurden damals noch bis zum sechsten Lebensmonat gestillt. Die Wöchnerin wurde ordentlich hochgepäppelt! Aber ich habe niemals gehört, dass jemand gemurrt oder sich beklagt hätte. Im Gegenteil! Für uns Kinder war das mal wieder etwas anderes und wir parierten in der Zeit sehr gut, damit die lieben Nachbarn sich nicht ärgern mussten.

Ich weiß ja nicht, ob und wie das Zusammenleben zwischen Polen, Deutschen und Juden überall so gut funktioniert hat wie in unserer Hausgemeinschaft. Ich war ja damals noch ein kleines Mädchen und kam nicht oft über unsere Bäckergasse (Piekarska) hinaus.

Da ich aber sehr neugierig und wissbegierig war, bekam ich vieles mit und machte mir so meine eigenen Gedanken über alles, was ich sah und hörte. Wie gesagt möchte ich aber nur über das schreiben, was ich mit eigenen Augen gesehen, selbst erlebt, selbst mitgemacht und auch manchmal mitgemischt habe.

Man sollte aber nicht denken, dass unter uns immer nur Friede, Freude, Eierkuchen war. Trotz gegenseitiger Hilfsbereitschaft und gemeinsamer Festivitäten gab es manchmal auch Streit und Zank. Dann flogen die Fetzen. Und fast immer gab es Streit unter den Erwachsenen wegen der Kinder.

Wenn wir uns wieder mal geprügelt hatten, oft sogar bis aufs Blut, rannten wir laut brüllend nach Hause. Jeder erzählte seine Version und hatte immer Recht! Dann kamen die jeweiligen Eltern in den Hof gelaufen, und schon ging der Zoff los. Sie schrien und beschimpften sich.

Da fielen Worte wie „Du dreckiger Pollacke!" oder „Du blöder Schwabe!" (bei den Polen waren wir Deutsche alle Schwaben – Schwoby), und das waren nur die „zahmen" Schimpfworte. Diese Flüche und Ausdrücke kann man gar nicht wiedergeben. Das ging eine ganze Zeit so, und wir Kinder standen, jedes an seinem Fenster, und schauten uns das Theater an. Danach redeten die Erwachsenen mindestens drei Tage lang nicht miteinander. Aber wir, die bösen Verursacher, spielten am folgenden Tag schon wieder miteinander Verstecken und heckten zusammen neue Streiche aus.

Lange konnten auch die „Alten" untereinander nicht böse sein. An schönen lauen Sommerabenden kamen sie nach und nach aus ihren Wohnungen und versammelten sich wie immer auf unserer Plumpe. Einige brachten eine halbe Flasche Wodka und ein Gläschen mit und der Friede wurde begossen und der Streit aus der Welt geschafft.

Wie schön wäre es gewesen, wenn alle Zwistigkeiten und Streitigkeiten auf so einfache Art und Weise hätten gelöst werden können. Aber leider hat uns die Zukunft eines Anderen, Schlechteren belehrt. Das hat sich im Jahr 1939 gezeigt. Daher denke ich erst mal eben nur daran, wie schön es DAMALS bei uns in Lodz war.

******

9. Episode – Unsere Mamusch hatte alles im Griff

Da ich in meinen Erinnerungsepisoden so viel über meinen Papusch geschrieben habe, möchte ich es nicht versäumen, zum Ausklang der friedlichen, schönen Geschichten etwas über meine Mama zu schreiben. Sie hat 20 Jahre, bis 1996, bei mir gewohnt und ist im Alter von 94 Jahren 1999 im Pflegeheim gestorben.

Im Gegensatz zu unserem witzigen, immer gut gelaunten, aber etwas sorglosen Papa war unsere Mama sozusagen der ruhende Pol und die Seele der Familie. Sie war eine sehr gute und sparsame Hausfrau und wunderbare Köchin.

Da das Geld bei uns sehr knapp war, kochte sie meistens nur gute Hausmannskost, die aber wunderbar schmeckte. Mein Papusch sagte auch bei jeder Gelegenheit: „Meine Irma is so eene gutte und sparsame Köchin, die macht soga aus nen Pups noch een Eiakuchn!"

Alle glaubten ihm das aufs Wort und konnten sich selbst davon überzeugen. Unsere Verwandten kamen am liebsten zu uns zu Besuch – und das waren nicht wenige!

Bei uns fand auch immer das große Meldesuppenessen und das ostpreußische Fleckessen statt. Meldesuppe gab es nur im Sommer. Da wanderten wir alle mit Kind und Kegel vor die Stadt und sammelten gemeinsam Melde in großen Taschen auf einer Wiese.

Wie vielleicht viele nicht wissen, ist Melde ein Unkraut, schmeckt jedoch wie Spinat. Das Sammeln machte allen Spaß. Die gesammelte Melde wurde zu Hause von den Stielen befreit und gründlich gewaschen.

Nach einer kleinen Stärkung gingen alle Helfer nach Hause, um am nächsten Tag, also am Sonntag, wieder zum Mittagessen zu erscheinen. Zur Meldesuppe, die mit viel Rindfleisch und kleinen Perlgraupen gekocht wurde, gab es Stampfkartoffeln mit viel gebratenem Speck und Zwiebeln.

Es soll nicht so aussehen, als ob ich hier nur Rezepte aufschreiben wolle. Da aber sehr viele meiner Landsleute hier in Deutschland leben und sie diese Speisen noch kennen, wird das bestimmt noch schöne Erinnerungen wachrufen.

Hier also zur Erinnerung noch das schöne ostpreußische Fleckessen. Am Freitagnachmittag ging unsere Mamusch mit dem alten Kinderwagen auf den Baluter Ring, um dort in den jüdischen „Jatki" – das sind kleine Schlachterläden, wo es nur Rind, Kalb und Geflügel gab – einen ganzen Rinderpansen zu kaufen.

Zu Hause wurde er in einen großen Holzbottich mit kaltem Wasser gelegt. Nun musste er zwölf Stunden „wässern". Die Familienmitglieder, die sich zum gemeinsamen Mittagessen angesagt hatten, kamen am Samstagvormittag, um mitzuhelfen, den Pansen zu säubern. Das war eine sehr übel riechende Arbeit. Der in größere Stücke geschnittene Fleck wurde mit kochendem Wasser überbrüht. Alle setzten sich um einen alten Holztisch, der nur für diesen Zweck gebraucht wurde, und dann ging es los.

Jeder bekam ein Stück und musste es mit einem scharfen Küchenmesser sauber schrappen und von Fettstücken befreien. Meine Mama war immer die Fleischschneiderin. Die Hälfte von dem Pansen wurde in dünne Streifen für die Suppe geschnitten, der Rest in kotelettgroße Stücke zum Braten.

Wir Kinder durften dabei nicht mitmachen – wegen der scharfen Messer. Aber wir hatten die Aufgabe, alle mit einem Glas Wodka und selbst gebrautem Bier zu versorgen. Es ging richtig lustig dabei zu; denn wie immer bei solchen Familientreffen wurden Witze und Geschichten erzählt.

Um die Mittagszeit gab es einen Riesenberg „Schnieten" (Schnitten) mit selbst gemachtem Griebenschmalz. Das war auch so eine Spezialität meiner Mama. Das Rezept dafür wurde in der Familie weitergereicht und hat sich bis heute bei Kindern, Enkeln und Urenkeln erhalten.

Am späten Nachmittag, als das Schrappen beendet war, gingen alle nach Hause, um am nächsten Tag wieder zum Mittagessen zu kommen. Für unsere Mamusch ging die Arbeit aber noch weiter.

Es begann das große Aufräumen, wobei wir Kinder tüchtig mithalfen. Der Fleck musste noch stundenlang gar gekocht werden. Wir fielen alle müde ins Bett. Am nächsten Tag mussten wir früh raus, denn nun begann das große Kochen und Braten.

Es gab eine herrliche Rinderflecksuppe, mit Rindfleisch, viel Suppengrün und saurer Sahne gekocht. Dazu Salzkartoffeln und die in viel Butter gebratenen „Fleckkotelettes".

Alle Mitesser brachten gute Laune mit und lobten die gute Köchin für das schmackhafte Essen. Es wurde ein schöner, lustiger und harmonischer Sonntag. Wir waren stolz auf unsere Mama, die trotz der vielen Arbeit und der räumlichen Enge alles so gut hingekriegt und organisiert hatte.

Dieses Organisationstalent und diese einfache und doch schmackhafte Kochkunst hat uns in der schlechten Kriegszeit und in der noch schlechteren Nachkriegszeit das Leben gerettet.

Wir haben auch nach dem Einmarsch der Russen in Lodz 1945 niemals hungern müssen. Ohne Vater – und damals waren wir vier Kinder – hat meine Mama ganz allein für uns gesorgt und uns alle heil durch die schlechte Zeit gebracht.

Sie wusste immer einen Ausweg und Rat. Und darauf hatte sich unser Papusch auch immer verlassen. Er hat jede Woche seine Lohntüte bei ihr abgeliefert, bekam einen Zloty Taschengeld, und der Rest kümmerte ihn nicht.

Sie hat neben ihrer Schichtarbeit in der großen Weberei Kindermann noch drei Tage in der Woche bei Juden geputzt und Wäsche gewaschen. Sie hat in unserem kleinen Schrebergarten, drei Kilometer von der Stadt entfernt, etwas Gemüse und Blumen angepflanzt. Das Gemüse verbrauchten wir selber, die Blumen haben wir Kinder auf der Straße verkauft.

Sie hat mir auf meinen eigenen Wunsch das Nähen auf der Maschine beigebracht. Obwohl ich damals erst sieben Jahre alt war, wollte ich auch etwas zum Lebensunterhalt beitragen.

Unsere Tante, die in derselben Straße wohnte, hatte eine kleine Weberei mit vier Webstühlen. Dort wurden von allen Familienmitgliedern Tagesdecken, Wandschoner und flauschige Frottiertücher gewebt.

Die Decken mussten umgesäumt, die Wandschoner mussten umgesäumt und mit einer schönen Fransenborte versehen werden. Das alles hat mir meine Mamusch beigebracht.

Ich habe so manche Stunde auf einer alten Holztruhe mit einer dicken Decke als Unterlage an der Nähmaschine gesessen. Auch wenn draußen schönes Wetter war und die anderen Kinder im Hof spielten, saß ich nach den Schulaufgaben und machte meine Arbeit.

Das war meistens nur zwei- oder dreimal in der Woche. Aber wenn im Sommer manchmal 25 Grad Hitze war und dazu noch die Wärme von dem aus der Heißpresse gebrachten Material aufstieg, kam ich ganz schön ins Schwitzen.

An den Tagen wurden manchmal 30 Tagesdecken, 30 Wandschoner und 20 Frottiertücher bearbeitet. Bei den Handtüchern wurden die Fransen noch fein säuberlich geknüpft. Es fiel mir nicht immer leicht.

Aber wenn ich an die paar Zloty dachte, die unsere Mama dafür bekam, und was sie noch alles zusätzlich kaufen konnte, waren alle Strapazen vergessen.

Sie brachte mir die richtige Babypflege erst einmal an einer Puppe bei. Später hatte ich genug Gelegenheit, das alles bei meinen kleinen Brüdern anzuwenden.

Sie hat mir das sparsame Hauswirtschaften schon von klein auf beigebracht. Vor allem den preiswerten Einkauf auf dem Markt. Bei uns in Lodz war damals auf dem Baluter Ring jeden Tag Bauernmarkt.

In der Woche, wenn ihre Frühschicht in der Weberei beendet war, nahm sie mich, es war immer an einem Donnerstag, mit zum Markt. Ich freute mich schon sehr darauf. Wir zogen beide mit unserem alten Kinderkorbwagen los.

Sie sagte: „Man muss immer vor Marktschluss einkaufen gehen. Da kann man alles am billigsten einkaufen, da die Bauern noch alles loswerden wollen." So gingen wir von Stand zu Stand und suchten beim Obst und Gemüse das Beste aus.

Meine Mamusch handelte dann den sowieso schon niedrigen Preis noch auf die Hälfte herunter. Das konnte sie fabelhaft, und ich lernte viel dabei.

Leider habe ich diese Handelspraxis später nie angewendet. Ich hatte nie die Traute, und es war mir nur peinlich.

Also damals bekamen wir unseren Wagen für nur einen oder zwei Zloty fast voll. Zufrieden gingen wir nach Hause. Mein kleiner Bruder Egon und mein Papa erwarteten uns schon und fingen gleich an, von dem schönen Obst zu schmausen.

Von Vitaminen und Spurenelementen hatten wir ja damals noch keine Ahnung. Aber wir ernährten uns wohl gerade durch diese einfache und abwechslungsreiche Kost total richtig.

Wenn ich jetzt bedenke, dass man damals für nur fünf Groschen (also 50 Pfennige) ein Kilo Tomaten (pomidory), für zehn Groschen ein Kilo Kirschen (wisnie) und für zehn Groschen ein Kilo Äpfel (Jabuka) bekam, da kommt es mir heute wie ein schöner Traum vor.

Ja, ich habe viel von meiner Mama gelernt und fast alles bis heute in meinem Haushalt praktiziert. Aber sie wollte damals auch etwas von mir lernen: Lesen und Schreiben!

Denn wie schon erzählt, hatten meine Eltern beide keine Schule besuchen können. Meinen Papa hat das immer sehr gestört. Aber etwas dagegen zu tun, oder sogar bei seiner kleinen Tochter etwas zu lernen, dazu war er zu stolz.

Und so lernte meine Mamusch mit mir zusammen das ABC. Ich war damals mit sieben Jahren gerade zur Schule gekommen. Sobald es ihre Zeit erlaubte, saß sie mit mir am Küchentisch und „paukte".

Da sie fast immer nur einmal in der Woche dazu kam, ging es natürlich viel langsamer als bei mir. Mit der Zeit konnte sie schon ein paar Wörter lesen.

Aber was ganz, ganz wichtig für sie war: Sie konnte ihren Namen schreiben! Da war sie ganz stolz darauf und hat unseren Papa immer ausgelacht, wenn der nur seine drei Kreuze machte. Sie hat nicht nur Deutsch, sondern auch Polnisch lesen gelernt.

Nach zwei Jahren fing sie schon an, die Fortsetzungsromane aus den alten polnischen Zeitungen zu lesen. Romane zu lesen wurde überhaupt ihre große Leidenschaft.

Als sie bei mir wohnte, ist sie manches Mal mit ihren geliebten Heimat- und Ärzteromanheften eingeschlafen. Beim „Gute Nacht"-Sagen habe ich ihr oft das Heft aus der Hand und die Brille von der Nase genommen und das Licht ausgemacht.

Ihr zweites Hobby war Briefe schreiben! Sie hat bis ins hohe Alter ihre Verwandten und Bekannten mit ihren Briefen „beglückt", aber vor allen Dingen erheitert.

Manche Ausdrücke und Wörter waren so kurios und unfreiwillig witzig formuliert, dass alle raten mussten, was das wohl sein könnte. Aber alle haben sie verstanden und haben sich riesig gefreut, wenn Tantae Irma wieder geschrieben hatte.

Alle fanden es großartig, dass sie, ohne jemals die Schule besucht zu haben, mit so viel Energie bei der Sache geblieben ist. Obwohl uns diese Energie, die uns Kindern in der schweren Kriegs- und Nachkriegszeit zu überleben geholfen hat, manchmal im Alter schwer zu schaffen machte.

Neben ihren zwei Hobbys Lesen und Briefeschreiben hatte sie noch eine Lieblingsbeschäftigung: „Päckchen verschicken"! Sie hat in den ganzen Jahren bis zur Wiedervereinigung die Verbindung zu allen Verwandten in der ehemaligen DDR aufrechterhalten.

Von ihrer Rente hat sie unzählige Pakete und Päckchen in die „Russenzone", wie sie immer sagte, geschickt. Deshalb ist sie bei allen in guter Erinnerung geblieben.

Ich, als Älteste der Geschwister und einzige Tochter, habe noch ganz bewusst die schweren Zeiten mit ihr zusammen erlebt. Ich wusste am besten, was sie für uns Kinder alles getan hatte.

Deshalb hatte ich mir damals als junges Mädchen geschworen, sie, solange ich lebe, niemals in ein Altersheim zu geben. Dieses Versprechen habe ich auch gehalten. Mit 89 Jahren bekam sie noch eine neue Hüfte und ich musste sie im Rollstuhl fahren.

Als sie jedoch immer pflegegebedürftiger und ich sehr krank wurde, musste ich sie doch in ein Pflegeheim geben.

Sie war keine große Schmusemutter und hat auch nie viel mit uns gespielt, Das hat unser Papusch dafür umso mehr getan. Dafür hat sie uns immer sehr gut mit allem versorgt, bei Krankheit gesund gepflegt, vor allem beschützt und uns anständig erzogen. Ich würde sagen: Sie war zuverlässig, praktisch, gut und hatte eben alles im Griff! Ich habe beide Eltern sehr geliebt.

10. Episode – Der langsame Anfang vom schnellen Ende

Im Frühjahr 1939 ging es los! Langsam begannen sich verschiedene kleine Ereignisse und Begebenheiten in unser sonst friedliches Alltagsleben einzuschleichen, die uns stutzig machten. An den Wandbeschriftungen wie „prtesch ze zydami" („Raus mit den Juden") hatten wir uns im Laufe der Jahre gewöhnt. Das waren meistens Kinder, die ihren Spaß daran hatten, Hauswände zu beschmieren.

Aber nun tauchten immer mehr und immer öfter solche Wandschriften auf. Hauptsächlich wurden die Türen und Fensterläden von jüdischen Geschäften „bemalt". Als aber das erste Mal in unserer Straße auf einer Wand „pretsch ze niemzami" („Raus mit den Deutschen") stand, waren wir doch platt! Denn wir wussten nicht, was sich draußen in der Welt tat. Radio und Zeitung hatten wir nicht. So war für uns die Welt noch in Ordnung. Doch unsere polnischen Nachbarn schienen über alles unterrichtet zu sein.

Allerdings, dass sich etwas tat, merkten wir zuerst daran, dass mehrere jüdische Läden geschlossen wurden. Man sagte uns, die Familien seien ausgewandert. „Wieso ausgewandert und warum?" Meine Eltern versuchten bei unseren Nachbarn etwas darüber zu erfahren. Die aber schwiegen oder machten nur ganz merkwürdige Andeutungen.

„Die Deutschen bedrohen unser Polen an der Grenze", hieß es. Wir konnten damit nichts anfangen. Sogar unsere polnischen Spielkameraden fingen an zu sticheln.. Es war aber noch keine Bosheit dabei, nur Kindergequatsche, das beim nächsten Spiel wieder vergessen war.

Doch als bei meinem Papa in der großen jüdischen Firma das Gerücht umging, dass sie alle wahrscheinlich entlassen würden, da der Chef auswandert, kam auf einmal die Angst. Unser Papusch ohne seine Arbeit? Was sollte dann werden? Wir brauchten doch jeden Zloty so nötig!

Na, ein Trost war, dass unsere Mama noch Arbeit in der Großweberei hatte. Doch der nächste Schlag ließ nicht lange auf sich warten. Ende Juni machte auch diese Fabrik dicht und meine Mamusch war ebenfalls arbeitslos.

Zu allem Unglück starb in dieser Zeit auch noch meine über alles geliebte Oma. Sie beging Selbstmord, weil sie es vor Rheumaschmerzen nicht mehr aushalten konnte. Kein Arzt und kein altes Hausmittel hatten helfen können. Ich erwähne meine Oma hier deshalb, weil ihr Grab nach dem Einmarsch der Russen 1945 noch eine große Rolle in meinem Leben gespielt hat.

Nicht nur wir, auch die Polen waren von der Arbeitslosigkeit betroffen. Es gab ja fast nur deutsche und jüdische Fabriken. Als die größte deutsche Weberei schloss und die Inhaberfamilie sich nach Deutschland absetzte, war es aus! Mehrere von unseren deutschen Verwandten wanderten ebenfalls nach Deutschland aus.

Nur unser Papusch blieb ganz ruhig und sagte: „Mia bleibn hia! Was solln ma denn in Deutschland? Da kenn ma doch keen. Mia watn ab, was kommt. So schlimm wet des schon nich wedn!" Da täuschte er sich leider!

Erst einmal gab es einen Kampf wegen der Arbeitslosenunterstützung (Stempelgeld). Nach langem Hin und Her bekamen wir gerade so viel, dass es zum Leben zu wenig und zum Sterben zu viel war. Da die Juden in der Zwischenzeit fast alle weg waren, fiel auch der Nebenverdienst unserer Mama durch Wäschewaschen weg.

Wir blieben zum ersten Mal die Miete schuldig. Wie unsere Mamusch es fertig gebracht hat, uns über die schlimme Zeit zu bringen, weiß ich heute nicht mehr. Mir ist nur noch in Erinnerung, dass wir uns mit unserem Schrebergarten und von den von uns Kindern an der Straße verkauften Blumen über Wasser hielten.

Da damals gerade die großen (und die letzten) Ferien waren, hatten wir genug Zeit. Unser Papusch verkaufte zwei Drittel seiner geliebten Tauben an die Polen. Er bemühte sich sehr, wenigstens ein paar Stunden Arbeit zu bekommen. Aber die Schlangen vor dem Arbeitsamt waren lang, und die Deutschen wurden zuerst abgewiesen.

Manchmal wanderten wir zu unseren Verwandten aufs Land und bekamen ein paar Kartoffeln. Die Schwester meiner Mama, die mit einem Polen verheiratet war, kam manchmal zu uns und schilderte uns die Lage. Aber helfen konnte sie uns nicht, zumal die Fabrik, in der sie und mein Onkel arbeiteten, ebenfalls vor dem Aus stand.

Dann, so Mitte August, gab es auf einmal eine große Aufregung. Unsere Eltern saßen fast wie in früheren Zeiten auf der Plumpe und sprachen über die Lage und das, was vielleicht auf uns zukam. Es war herrliches Wetter. Wir Kinder spielten Hinkepinke.

Plötzlich schauten alle nach oben: Fast im Tiefflug kamen zwei Flugzeuge aus einer weißen Wolke und flogen über unser Gebiet. Nach ein paar Minuten kamen sie zurück, drehten einige Runden und zogen wieder ab.

Was hatte das zu bedeuten? Wir gingen, ohne sonderlich beunruhigt zu sein, nach Hause.

Am nächsten Tag brachte ein Nachbar eine Zeitung mit. Er las uns vor: „Aufklärer sind gestern über Lodz geflogen, um uns auszuspionieren!" Das geschah nun drei Tage hintereinander. Da bei uns im Hause fast alle arbeitslos waren und Zeit hatten, machten sie sich einen Spaß daraus, das Schauspiel zu beobachten.

Ein Nachbar hatte am geöffneten Fenster ein kleines Radio aufgestellt und laut aufgedreht. Alle konnten nun die neuesten Nachrichten mithören. „Wojna" (Krieg) war das Wort, das immer häufiger genannt wurde. Krieg? Das spielten wir Kinder doch immer nur im Hof! Doch was da auf uns zukam, war kein Spiel; denn in den letzten Tages des August fiel ab und zu eine Bombe aus den silbernen Flugzeugen.

Nun war es mit der Ruhe vorbei. plötzlich wurden unsere Nachbarn böse auf uns. Wir Kinder prügelten und beschimpften uns. „Dreckige Schwaben, raus mit euch!" Das waren nur die harmlosesten Beschimpfungen. Sie spuckten uns sogar an. Die Alten waren etwas besonnener und beruhigten sich wieder. Doch wie lange und wie sollte das wohl so weitergehen?

Als es mit den Bedrohungen in unserer Gegend schlimmer wurde, brachte Papa uns und die Mama zu Bekannten aufs Land. Dort sollten wir nun erst einmal bleiben, bis wieder Ruhe eingekehrt war. Was unser Papusch aber nicht wusste, war, dass das kleine Anwesen unserer Freunde an der Straße lag, die nach Warschau führte. Das wäre uns beinahe zum Verhängnis geworden. An dieser Chaussee hatten viele Polen und Deutsche ihre kleinen

Höfe. Sie bauten dort Gemüse und Kartoffeln an, um sie an die Durchreisenden zu verkaufen.

Unsere Bekannten wussten jedoch aus dem Radio alles über die bisherigen Geschehnisse. In dieser ländlichen Gegend war noch keine Bombe gefallen. Die Leute benahmen sich ganz normal. Wir freundeten uns schnell mit den polnischen Nachbarskindern an und spielten auf der breiten Straße.

Unser Papa, der wegen seiner restlichen Tauben zu Hause geblieben war und auf die Wohnung aufpasste, kam einige Male, um nach uns zu sehen. Es schien alles ganz friedlich – bis auf die schlechten Nachrichten im Radio.

Am 1. September war es mit dieser trügerischen Ruhe vorbei! Wir saßen alle vor dem Radio und hörten, dass deutsche Soldaten unser Polen überfallen hatten. Wir wussten nicht, wie wir uns verhalten sollten, und trauten uns nicht aus dem Hause.

Die bis jetzt friedlichen Nachbarn riefen uns Schimpfworte zu und die Kinder durften nicht mehr mit uns spielen. Nun kamen auch öfter Flugzeuge in diese Gegend und wurden in der Ferne von der polnischen Flak beschossen. Es fielen auch einige Bomben – jedoch weiter im Westen.

Meine Mamusch hatte am 5. September Geburtstag, deshalb kam unser Papusch schon zwei Tage vorher zu uns. Jedoch am 4. September um fünf Uhr kamen plötzlich viele polnische Soldaten zu Pferde auf der breiten Straße – mit Pferdewagen und Kanonen. Sie zogen in Richtung Warschau.

Wir standen alle an der Straße und sahen die langen

Kolonnen an uns vorbeiziehen. Gegen Mittag machten sie Halt und lagerten am Straßenrand. Sie sahen müde und erschöpft aus und fragten nach Wasser. Wir alle, Deutsche und Polen, holten in Eimern frisches Brunnenwasser und gaben es ihnen in ihren Feldbechern zum Trinken.

Sie erzählten uns, dass die Deutschen ihnen auf den Fersen seien. Sie müssten sich beeilen, sonst kämen sie in Gefangenschaft. Sie bedankten sich vor allem bei uns Kindern für das Wasser und zogen weiter. Das war der Abschied von unseren polnischen Soldaten.

Plötzlich gegen drei Uhr in der Nacht wurde die Straße mit Kanonen beschossen. Wir zitterten alle vor Angst und trauten uns nicht aus dem Haus. Als es gegen Morgen still wurde, sahen wir uns draußen an, was geschehen war: Da standen die Munitionswagen, die Proviantwagen und große Kanonen am Straßenrand. Alle Pferde waren weg. Es war kein polnischer Soldat mehr zu sehen.

Nur etwa zwei Kilometer entfernt fanden wir zwei tote Soldaten. Bei ihrem Anblick fingen wir Kinder an zu schreien. Alle, Polen und Deutsche, besichtigten die Wagen. Und dann plünderten wir gemeinsam die Proviantwagen. Es gab viel fetten, gesalzenen Speck, gepressten Zichorienkaffee, Dauerkekse und Kommissbrot.

Jeder nahm, so viel er konnte. Beim Plündern waren sich wieder alle einig. Über die beiden toten Soldaten wurde gemeinsam beraten. Wir beschlossen, sie auf einem Feld zu begraben. Wir standen an den Gräbern und sprachen ein gemeinsames Gebet – jeder in seiner Sprache. Die Polen verhielten sich ganz ruhig. Sie wussten ja genau wie wir nicht, wie alles ausgehen sollte.

Am Morgen des 5. September gratulierten wir alle unserer Mamusch zum Geburtstag. Den ganzen Vormittag war alles gespenstisch ruhig auf unserer Straße. Aber so gegen Mittag kamen sie: die Deutschen! Auf Pferden und zu Fuß, lange Kolonnen mit Munitions- und Verpflegungswagen und mit Kanonen. Es war genauso wie bei den abziehenden polnischen Soldaten vor zwei Tagen.

Nur waren die Deutschen nicht so erschöpft, sondern frisch, ja fröhlich! Sie sahen auch gar nicht so schrecklich aus, wie man uns erzählt hatte. Und sie sprachen „echtes" Deutsch! Als sie uns Kinder so an der Straße stehen sahen, hielten sie an, stiegen von den Pferden und gaben uns die Hand, ohne zu wissen, wer deutsch und wer polnisch war.

„Guten Tag, Kinder!" Dann fragten sie nach Wasser für sich selbst und ihre Pferde. Das kam uns sehr bekannt vor! Genau wie die Polen vor zwei Tagen. Für uns Kinder gab es da keinen Unterschied. Gemeinsam holten wir wieder Wasser für Mensch und Tier.

Die Soldaten bedankten sich höflich, lobten uns als gute Kinder und gaben uns ein paar Tafeln Schokolade. Wir teilten brüderlich und freuten uns.

Da schrie plötzlich ausgerechnet ein kleiner Polenjunge laut „Hurra" – wohl wegen der Schokolade. Erst war es totenstill, aber dann kamen alle Deutschen und schrien ebenfalls laut „Hurra". Nur die erwachsenen Polen kamen nicht näher. Sie waren ganz still und beklommen.

Die Soldaten fuhren in langen Kolonnen an den verlassenen und geplünderten Wagen der Polen vorbei in Richtung Warschau. Wir sahen ihnen lange nach und fragten uns, was nun wohl geschehen werde.

So wie wir in den vergangenen Wochen saßen nun die

Polen in ihren Häusern und trauten sich nicht heraus. Es wurde auch nicht mehr geschossen. Aber aus dem Radio kamen immer noch die Nachrichten vom Sender Warschau, dass die polnische Armee überall auf dem Rückzug sei.

Plötzlich wurden die Nachrichten unterbrochen und die polnische Nationalhymne gespielt. Wir sangen alle ganz laut mit. Das ging alles unbeschreiblich schnell. Wir wussten gar nicht, wie das alles geschehen war.

Später erfuhren wir, dass dies ein „Blitzkrieg" gewesen sei.

Er dauerte eben nur ein paar Tage. Doch wir waren heilfroh, dass alles vorüber war! Ich war damals schon elf Jahre alt und erinnere mich an alles, als ob es gestern gewesen wäre. Vergessen kann man so etwas nie! Wir bedankten uns bei unseren Freunden für die Gastfreundschaft und marschierten nach Hause. Auf dem Rückweg fragten wir uns, wie das wohl jetzt weitergehen sollte und wie sich die Deutschen verhalten würden?! Unser Papusch, der große Optimist, sagte: „No, es wet schonn irdendwie wedn. Die wen uns schonn nich uffschluckn. Aba wenigstens müssn die Pola jetze die Fresse haltn und müssn a bissl kuschn!"

Das waren prophetische Worte. Denn wie sich tatsächlich unser Leben verändern sollte, wusste niemand. Wir beteten, dass es besser und vor allen Dingen friedlicher werde.

★★★★★

11. Episode – September 1939 bis Januar 1945

Kriegszeit, die große Veränderung... und nun hatten wir den Krieg und die deutschen Soldaten im Land! Vom so genannten „Kriegsgetöse" hörten wir fast nichts mehr. Außer den paar Bomben und Kanoneneinschlägen beim Einmarsch Anfang September ging es verhältnismäßig ruhig zu.

Die deutschen Truppen waren durch unser Lodz in Richtung Warschau gezogen, die Polen verhielten sich ganz ruhig und wir warteten gespannt auf das, was kommen würde.

Und nach ein paar Tagen kam es! Und zwar so schnell, dass wir alle staunten, wie das alles klappte und funktionierte.

An einem Morgen wurden überall Anschlagzettel und Verordnungen in Deutsch und Polnisch angebracht, wo und wann wir uns alle zu melden hätten. Die Schulen und größeren Polizeireviere in den verschiedenen Bezirken waren die Meldestellen. In Scharen strömten wir gemeinsam; denn wir waren alle sehr neugierig. Dort wurden wir in zwei Schlangen aufgestellt, Deutsche und Polen.

Alle Personalien wurden aufgenommen. Das dauerte viele Stunden. Uns wurde mitgeteilt, dass wir in ein paar Tagen unsere Papiere abholen sollten. Als wir dann alle unsere neuen Ausweise in der Hand hatten – die Polen in grün und wir in blau –, fragten wir uns, wie sie es geschafft hatten, so schnell und so viel grünes und blaues Kartonpapier zu beschaffen?

Mit den neuen „Pappen" , wie mein Papa sie gleich umbenannte, gingen wir zu den uns schon bekannten Stellen, um unsere Lebensmittelmarken abzuholen. Ich weiß nicht mehr, wie verschieden und andersfarbig unsere Marken und die der Polen waren. Aber eines haben wir beim Vergleich sofort festgestellt: Sie bekamen von allem fast nur die Hälfte. Na, wieso denn, die hatten doch genau solchen Hunger wie wir?

Am Abend saßen wir wie früher auf unserer Plumpe und sprachen alles gemeinsam durch. Unser Verhältnis zueinander hatte sich erstaunlicherweise wieder etwas gebessert.

Als wir unsere ersten Lebensmittelzuteilungen abholten, gab es so manchen Grund zum Staunen und Wundern. Denn zum ersten Mal im Leben bekamen wir Kunsthonig und Margarine zu sehen und zu schmecken! Das war für uns Kinder ein großer Spaß.

Wir saßen auf der Plumpe und naschten mit den Fingern von unseren mitgebrachten Honigbechern und Margarinewürfeln. Die etwas süßliche Margarine hatte es uns besonders angetan und wir vernaschten gleich den ganzen Würfel.

Mein kleiner Bruder und ich bekamen von unserer Mamusch für unsere Gier eine Ohrfeige. Nachts bekamen wir Bauchschmerzen und mussten mehrmals aufs Plumpsklo!

Am Anfang war das für uns alle erst noch lustig. Aber nach und nach passierten Sachen, die gar nicht mehr so lustig waren. Denn erst einmal wurden alle kleinen polnischen Geschäfte und Kioske geschlossen. Dann kamen die Verbote für alle Polen. Am Kino gab es eine Tafel:

„Für Polen verboten". In den Cafés stand: „Für Polen verboten". Die ersten Wagen der Straßenbahn waren „für Polen verboten". Alle polnischen Schulen wurden verboten und geschlossen.

Da sowieso noch Ferien waren, kam man erst gar nicht so dahinter, was das für alle bedeutete. Außerdem hofften wir, dass alles sich noch etwas normalisieren würde. Aber es blieb so bis zum Ende.

Am übelsten waren unsere jüdischen Mitbürger dran. Nicht nur, dass sie von allem enteignet wurden und von großen in kleinere Wohnungen umziehen mussten. Es erging an sie der Befehl, sich mit einem gelben Stern zu „schmücken".

Das war für Polen und Deutsche erst einmal zum Lachen. Aber dann gab es nichts mehr zum Lachen! Wir hörten nämlich so hintenherum, saß sich etwas zusammenbraute und im Gange war. Aber das wurde erst Anfang 1941 in die Tat umgesetzt.

Wir selber hatten auch erst einmal viel zu tun, um mit den Veränderungen in unserem kleinen Familienkreis fertig zu werden. Da unser Papa doch arbeitslos war und jeden Tag zum Arbeitsamt ging, kam er eines Tages mit einer großen Neuigkeit wieder. Er sollte sich am nächsten Tag beim neu besetzten Polizeirevier melden und nun Polizist werden.

Unser Papusch in einer Uniform? Na, was das wohl werden würde! Als er dann aber in seiner Polizeiuniform erschien, waren wir doch platt. Schick sah er aus! Wenn wir es nicht schon immer gewusst hätten, jetzt wurde es ganz offenbar: Unser Papa war ein Bild von einem Mann!

Auch die polnischen Nachbarn sagten ihm, wie gut er

ausschaute. Er war stolz wie ein Pfau! Einen Haken hatte die Sache ja. Da er nicht lesen und schreiben konnte, war er für Büroarbeiten nicht zu gebrauchen. Also wurde er zur Polizeistreife eingeteilt. Aber nie alleine, sondern immer mit einem Kollegen, der schreiben konnte.

Das hat ihn natürlich gewurmt und er bedauerte es sehr, dass er keine Schule hatte. Doch sein Ärger hielt nicht lange an. Da er immer gute Laune hatte und voller Witze steckte, war er bei seinen Kameraden sehr beliebt und jeder wollte mit ihm auf Streife gehen.

Aber die Uniform begann ihn auch langsam zu verändern und schaffte einen großen Abstand zu unseren Nachbarn. Unsere Mama und wir Kinder gingen wie immer mit ihnen um.

Mitte Oktober ging es wieder los mit der Schule. Als wir mit unseren Schulranzen auf dem Rücken loszogen und die Polen zu Hause bleiben mussten, war das doch etwas eigenartig. Erst mal beneidete ich sie, weil die nicht hinbrauchten und ich hinmusste!

Aber die Neugierde war doch stärker. Was würden wir für Lehrer kriegen? Wie würde es ohne Polnisch sein? Wer würde der neue Schuldirektor sein? Fragen über Fragen! Aber alles war schon geregelt. Beim Einmarsch mussten die Deutschen wohl schon die Pläne für alle Fälle in der Schublade gehabt haben. Die größte Überraschung für mich war aber der neue Oberlehrer!

Wer begrüßte uns im großen Schulsaal als Direktor? Unser früherer Deutschlehrer, dieser Eklak, der uns immer wegen kleiner Vergehen in der Ecke auf Erbsen knien ließ! Mir wurde vor Wut ganz schlecht! Der erste Schultag war mir schon vermiest!

Dafür waren, wie es aussah, die anderen Lehrer alle in Ordnung. Es waren auch ein paar neue Gesichter dabei. Zwei schicke junge Männer aus Deutschland in einer gelben Uniform. Ich kam, wie vorausgesehen, nochmals in die vierte Klasse, da ich ja sitzen geblieben war.

Danach fragte aber niemand mehr und alles ging besser, als ich dachte. Ja, es ging sogar so gut, dass ich mich selbst über mich wunderte. Da jetzt nur alles in Deutsch war, wurde es auf einmal ganz einfach.

Gleich beim ersten Diktat, Mitte Dezember, bekam ich eine Eins. Und es ist nicht gelogen, wenn ich sage, dass ich im Laufe der nächsten Jahre, vor allem im Aufsatzschreiben, die Beste der Klasse wurde. In fast allen Fächern hatte ich gute und sehr gute Noten. Nur mit dem Rechnen hatte ich eben wie früher große Schwierigkeiten.

Aber unser neuer Klassenlehrer erkannte meine Not! Er bestrafte mich nicht dafür, wenn ich die immer schwieriger werdenden Aufgaben nicht begriff, sondern gab mir bei sich zu Hause nach der Schule kostenlose Nachhilfestunden. Das war eine Freude!!! Ich brauchte nun wegen Rechnen nie mehr die Schule zu schwänzen! Nun machte das Zur-Schule-Gehen richtig Spaß!

Jetzt konnte ich mich sogar bei meinen Mitschülern, die mir früher bei den Rechenaufgaben geholfen hatten, revanchieren. Wenn wir als Hausaufgabe einen Aufsatz zu schreiben hatten und sie den nicht hinkriegten, wandten sie sich immer an mich. Wir trafen uns dann an dem „Aufsatztag" eine Stunde eher im Klassenzimmer. Ich diktierte ihnen – es waren manchmal drei oder vier Schüler – zum gleichen Thema, aber in verschiedenen Ausführungen, die Aufsätze.

Es ging auch immer gut, und die Lehrer kamen nie dahinter. Ich freute mich jeden Tag auf die Schule und wurde jedes Jahr mit einem sehr guten Zeugnis versetzt. Außer im Rechnen, da fielen die Noten immer etwas schlechter aus. Aber bei den vielen „Gut" und „Sehr gut" gingen die Vierer wegen des blöden Rechnens einfach unter. Bei der Schulentlassungsfeier 1943 wurde ich von dem ehemaligen Ekel, jetzt Direktor, vor allen gelobt! Ich war das glücklichste Mädchen der Welt!

Auch in unserer Familie gab es nun viele Veränderungen. Da mein Papa bei der Polizei gut verdiente, musste unsere Mama nicht mehr mitarbeiten und war immer für uns da. Zu Weihnachten 1939 teilte uns unser Papa mit, dass wir nächstes Jahr ein Geschwisterchen bekommen würden. Wir Kinder freuten uns sehr.

Ich wunderte mich aber auch sehr über meinen Vater, als er eine ganz eigenartige Bemerkung machte. Er sagte: „Hoffentlich wet des a Junge. Mia missn uns ranhaltn, denn de Adolf braucht jetze viel Soldaten."

Wir Kinder konnten mit diesem Ausspruch nichts anfangen, und unsere Mama schüttelte nur den Kopf. Nun wurde eine größere Wohnung beantragt und auch sofort bewilligt. Aber mit sofort war es nix. Es dauerte noch recht lange. Mein kleiner Bruder wurde im Mai 1940, noch in der alten kleinen Wohnung, geboren.

Die polnischen Nachbarinnen leisteten, wie früher, bei jeder Entbindung Hilfsdienste und kümmerten sich um uns Kinder und um den Haushalt. Erst Ende September 1940 bekamen wir eine größere Wohnung. Aber wo?

Es war ein riesiger Klassenraum in einer ehemaligen polnischen Schule. Wir kamen uns nach der gewohnten

Enge ganz verloren darin vor. Unsere Möbel sahen wie Puppenspielzeug darin aus! Die Nachbarn halfen uns beim Umzug. Wir waren sehr bedrückt und nahmen traurig Abschied von unserer kleinen Stube, von unseren langjährigen Nachbarn und unserer geliebten Plumpe. Nur unser Vater freute sich auf die neue Umgebung und den großen „Saal".

Es hieß, dies sei alles nur vorübergehend, bis etwas Schöneres und Größeres frei geworden wäre. Weihnachten 1940 feierten wir noch in dem Riesenzimmer, und es war überhaupt nicht gemütlich! Erst im Januar bekamen wir die Nachricht, dass ein Haus für uns frei geworden wäre und wir es uns ansehen sollten.

Wenn wir nur geahnt hätten, was da auf uns zukam! Als wir dort zur Besichtigung ankamen, zogen die Polen, denen das kleine Häuschen gehörte, gerade aus. Wir waren platt! Die wurden rausgeschmissen, nur wegen uns? Aber es war schon alles organisiert. Die mussten jetzt mit ihren drei Kindern in eine kleine Stube ziehen, und zwar nur drei Straßen weiter.

Meine Mama wollte erst nichts davon wissen. Doch dann erfuhren wir, dass in der ganzen Straße die kleinen Häuser von den Polen für die Deutschen geräumt werden mussten. Na, die waren vielleicht wütend und hätten uns am liebsten mit Blicken getötet. Was die Soldaten beim Einmarsch nicht geschafft hatten – jetzt war der blanke Hass da.

Doch es blieb uns nichts anderes übrig als anzunehmen. Sonst hätten eben andere die Wohnung bekommen. Und wir wollten doch so schnell wie möglich aus dem „Saal" raus.

Da zu dem Häuschen ein kleiner Garten gehörte, versprach meine Mama den Leuten, später vom geernteten Obst und Gemüse etwas abzugeben. Das besänftigte die Familie etwas und sie sahen uns etwas freundlicher an. Nun zogen wir also in die neue Wohnung und fühlten uns nach kurzer Zeit auch recht wohl darin.

Aber nun kamen auf einmal so viele Veränderungen auf uns zu, dass wir aus dem Staunen nicht herauskamen.

Unser Familienname gefiel den Behörden plötzlich nicht mehr! Er klang zu polnisch!

Wir wurden umbenannt. Aus Bradatsch wurde Brade. Ich wurde von Aurelia auf Aurelie umgeschrieben! Na, die hatten vielleicht Sorgen!

Es mussten neue Papiere beantragt werden. Die Schwester meiner Mama, die mit einem Polen glücklich verheiratet war, sollte sich von ihm scheiden lassen. Das hat sie natürlich nicht getan, bekam deshalb keine blaue Volksliste und wurde als Polin behandelt.

Da die Polen auf ihre Marken viele Lebensmittel nicht oder viel weniger bekamen als wir, war es zum Sterben zu viel und zum Leben zu wenig. Unsere Mama hat ihrer Schwester und ihrer Familie die ganzen Jahre über geholfen, so viel sie konnte, über die Runden zu kommen.

Meinem Vater hat das gar nicht gefallen und er hat oft mit unserer Mama gezankt. Aber diese Hilfen hatten doch etwas Gutes. Als die Russen 1945 einmarschierten, haben unsere Verwandten uns geholfen, über die erste schlimme Zeit zu kommen. Doch darüber schreibe ich später noch.

Im September 1941 bekamen wir noch ein Brüderchen. Mein Vater wollte wohl seine Drohung wahr machen und selbst eine ganze Kompanie für den Adolf aufstellen?

Ich bekam auch den ersten großen Streit mit meinem früher so geliebten Papusch, als ich nicht im BDM (Bund deutscher Mädchen) bleiben wollte. Mir gefielen das dauernde Marschieren, das fortwährende Strammstehen und die dauernde Geschichtslitanei über den „Führer" nicht, die wir an jedem Heimabend immer wieder runterleiern mussten.

Als ich ein paarmal den Heimabend schwänzte, kam von der Leiterin eine Drohung ins Haus. Und ich bekam dafür von meinem Vater nicht nur ein paar gewöhnliche Ohrfeigen, sondern mit 13 Jahren die erste große Tracht Prügel meines Lebens!!! Mein geliebter Papusch, wie hast du dich verändert! Wie konnte es nur dazu kommen?

Ich fing an, diese Zeit zu hassen!

******

12. Episode – Schlimme Zeiten

1941 trat das ein, worüber schon länger hinter vorgehaltener Hand gemunkelt wurde. Ein ganzes Stadtviertel in Lodz wurde mit Maschendraht eingezäunt und für den Fußgängerverkehr gesperrt. Die großen Gebäude rechts und links der Hauptstraße mussten von Polen und Deutschen geräumt werden. Nur die Juden durften bleiben. In kurzer Zeit wurden alle jüdischen Mitbürger, die es nicht geschafft hatten zu fliehen, aus der ganzen Stadt und den umliegenden kleinen Gemeinden umgesiedelt und in das Ghetto gesperrt!

Wir durften dieses Ghettoviertel nur in der fest verschlossenen Straßenbahn durchfahren. Die Deutschen vorne, die Polen hinten. Wenn wir dort durchmussten, war es anfangs immer ganz still im Waggon. Manchmal sahen wir früher uns bekannte Geschäftsleute vorübergehen. Wir hätten uns gerne bemerkbar gemacht und ihnen zugewinkt. Doch das war strengstens verboten – für alle!

Die Juden mit dem gelben Stern gingen alle mit gesenktem Kopf und wir sahen beklommen zu ihnen rüber. Es war allen Seiten sehr peinlich. Dann gewöhnten wir uns an den Anblick, waren aber immer froh, wenn diese Nonstopfahrt vorbei war.

Wir mussten uns an so vieles gewöhnen. An die vielen Hakenkreuzfahnen und die vielen singenden und marschierenden Soldaten. Das Lied von dem Polenmädchen in einem Polenstädtchen war das beliebteste – sogar bei den Polen. Unsere Lehrer hatten fast immer die SA-Uniform an. Aber am tollsten fand ich unseren Direktor, das ehemalige Ekel!

Er wollte nämlich unbedingt wie Adolf Hitler aussehen. Die kleine Gestalt hatte er. Nun ließ er sich noch einen Schnauzbart wachsen und trug seinen Scheitel auf der linken Seite wie sein großes Vorbild. Wenn er die Hacken zusammenknallte, uns mit steif ausgestrecktem Arm, verkniffenem Gesicht und laut gebrülltem „Heil Hitler" begrüßte, mussten wir alle grinsen. Im Geheimen nannten wir ihn den „Mini-Adolf".

Sonst sahen wir vom Krieg nur viel im Kino in der Wochenschau oder hörten über die Siege nur im Radio. Am 22. September kam unser kleiner Bruder zur Welt, und unser Vater platzte bald vor Stolz! Er war ein richtiger Adolf-Fan geworden. Wenn eine „Führerrede" gesendet wurde, saß er stocksteif auf einem Stuhl und himmelte den Volksempfänger und DIE STIMME an. Wir durften keinen Mucks machen!

Wenn unsere polnisch gebliebenen Verwandten alle 14 Tage kamen, um die von unserer Mama angesammelten Lebensmittel abzuholen, gab es jedes Mal großen Streit im Hause! Auch das Obst und Gemüse aus dem kleinen Garten trugen wir heimlich zu unseren Vorbesitzern. Unser Vater war fuchsteufelswild auf die Polacken! Aber unsere Mamusch setzte ihren Kopf durch und hielt, was sie versprochen hatte.

Wie gut sich diese Hilfen für die Polen mal später für uns alle auswirken sollten, zeigte sich, als die Russen einmarschierten.

Im Jahre 1942 bekamen wir kein Baby. Meinem Vater passte das gar nicht, denn er wollte, dass unsere Mama unbedingt das Mutterkreuz bekommen sollte! Das gab es aber erst ab dem fünften Kind. Doch es gab ja auch so genug zu tun. Ich half beim Aufziehen der Kleinen, im Haus und im Garten. Der Alltag und der Krieg gingen weiter. Die deutschen Soldaten siegten im Osten. Und wir zu Hause, Schüler, BDM-Mädchen und HJ (Hitlerjungen), sammelten für die „Sieger" Lumpen, Pelze und Altkleider für die Front! Dazu sangen wir ein selbst gemachtes Liedchen, und das ging so:

„Lumpen, Pelze, Eisen und Papier,
alle alten Kleider sammeln wir.
Lumpen, Pelze, Eisen und Papier,
ja, das sammeln wir! Joi, joi, joi.
Heidewitzka, Herr Kapitän,
wir woll'n zum Sammeln vor die Türen gehn.
Man kann so schön beim Sammeln gammeln,
wenn über uns die Fahnen bammeln.
Heidewitzka … usw.

Wenn wir dann mit unserem Handwagen so von Haus zu Haus zogen, bekamen wir den Karren proppenvoll!

Zu Weihnachten wurde beraten, was ich denn nach der Schule werden sollte. Bei der Berufsberatung wurde mir, da ich „so ein nettes und lustiges Mädchen" sei, zur Kindergärtnerin oder Kinderpflegerin geraten. Da ich ja schon so viel praktische Erfahrungen bei meinen kleinen Brüdern gesammelt hatte, stand für mich fest: Ich werde Kinderpflegerin!

Mit 15 Jahren wurde ich zu Ostern aus der Schule entlassen und bekam schon im Mai einen Platz in der Kinderpflegerinnenschule in Leslau (Wrozlawek). Mir als dem großen Familienmenschen fiel die erste Trennung von meinen Lieben sehr schwer, zumal die Regeln und Vorschriften in dem Heim sehr streng, ja schon militärisch waren.

Wir bekamen nur immer am Sonntag Ausgang. Ich war die Einzige der 35 Mädchen, die hier aus dem Warthegau, wie das jetzt hieß, stammte. Alle anderen kamen aus dem Altreich! Da sich in dem kleinen Städtchen ein großes Lazarett befand, begegneten wir sonntags vielen Verwundeten.

Wenn ich diese oft ganz jungen Männer ohne Arme oder ohne Beine oder im Rollstuhl sah, taten sie mir so Leid, dass ich im Bett weinen musste. Damals schwor ich mir, später einmal einen Kriegsbeschädigten zu heiraten, um ihn zu pflegen. Dieses Versprechen habe ich später auch gehalten!

Als wir Mädchen aufgefordert wurden, mit unbekannten Verwundeten in Brieffreundschaft zu treten, war ich gleich dabei. Ich stand mit einem mir völlig unbekannten Briefpartner bis zum bitteren Ende des Wahnsinnskrieges in Verbindung.

Als es unsere Familie dann 1946 nach Oldenburg verschlug, habe ich vom Roten Kreuz sofort feststellen lassen, ob die Adresse (Alexandersbad bei Wunsiedel) noch stimmte. Sie stimmte noch! Ich meldete mich bei meinem langjährigen Brieffreund. Wir schrieben uns wieder Briefe. Als das Lazarett 1948 aufgelöst werden sollte, holte ich meinen Verwundeten zu uns nach Oldenburg. Ich sah ihn zum ersten Mal. Er war querschnittgelähmt!

1950 haben wir geheiratet und ich habe ihn 22 Jahre gepflegt. Wir hatten zusammen zwei Söhne, jetzt 50 und 44 Jahre alt, die bis heute mein ganzer Stolz sind. 1972 starb mein Mann im Alter von nur 49 Jahren.

Ich wurde mit 44 Jahren Witwe und bin es bis heute geblieben und danke jeden Tag dem lieben Gott für meine beiden lieben und gut geratenen Söhne!

Nun aber wieder zurück zum Jahr 1943. Damals geschah nämlich direkt in unserer Familie etwas, das mir bis heute unverständlich blieb. Es sollte eine ganz große Geheimsache sein! Meinem Vater wurde „nahe gelegt", wenn er nicht an die Front geschickt werden wollte, sich in einem von „oberster Stelle" geplanten Rassenlager einzufinden. Meine Mama musste aber dazu ihre Einwilligung und Einverständniserklärung abgeben.

Da mein Vater begeistert war, sie sich aber weigerte zu unterschreiben, gab es einen ganz großen und lauten Streit zwischen ihnen. Ich hörte das, konnte aber nicht genau verstehen, worum es ging. Meine Mama durfte mir nichts sagen und vertröstete mich auf später, „wenn ich mal größer bin"! Erst als sie in den Jahren von 1976 bis 1996 bei mir wohnte, hat sie mir alles erzählt.

Also damals war geplant, in einem abgelegenen großen Hotelkomplex ein so genanntes Versuchslager zur Aufzucht einer neuen Rasse zu errichten. Schöne, gesunde und schwarzhaarige deutsche Männer mit blauen Augen (so wie mein Vater) und blonde Polinnen mit schwarzen Augen sollten dort zusammenleben und sozusagen gepaart werden!

Das sollte angeblich alles freiwillig sein. Diese Personen, die man dafür ausgesucht hatte, wurden nicht direkt gezwungen. Aber sie wurden auf oft erpresserische Weise dazu gebracht einzuwilligen. Da nun wegen der strikten Weigerung meiner Mama zu unterschreiben die Sache nicht zustande kam, wurde unser Vater „strafversetzt".

Und das hieß: nicht mehr Streifenpolizist auf dem Polizeirevier. Er wurde auf dem Bahnhof in Lodz eingesetzt, um die durchfahrenden Transportzüge zu bewachen. Diese Viehwaggons waren voll gestopft mit Juden und anderen Gefangenen, die in den Osten in irgendein Lager gebracht wurden. Es sollte zwar alles geheim sein, und doch erfuhren wir alle davon.

Wenn er von solch einem Einsatz nach Hause kam, war er mit den Nerven total fertig! Er erzählte uns, obwohl es verboten war, was für schreckliche Szenen sich beim Stopp auf dem Bahnhof abgespielt hätten. Schreiende Menschen, die mit ausgestreckten Händen durch die Öffnungen um Wasser gebettelt haben.

Er wollte gleich helfen, wurde aber von seinen Kollegen daran gehindert. Denn das konnte für uns alle schlimme Folgen haben!

Und das war der erste Anstoß zu seiner Wandlung: seine Verehrung für den „Führer" bekam einen großen Knacks! Als er das alles nicht mehr aushalten konnte, bat er um Versetzung an einen anderen Platz. Er bekam auch eine andere Stelle, aber die war noch schlimmer. Er musste nämlich in einem großen Untersuchungsgefängnis, das nur sechs Kilometer von unserer Wohnung entfernt war, polnische „Verbrecher" ,wie es hieß, die noch auf ihre Aburteilung warteten, bewachen.

Es waren jedoch nur kleine Schmuggler und Arbeits-verweigerer, die jedoch wie Schwerverbrecher behandelt wurden. Manche uns bekannte Polen waren dabei, die meinen Vater um altes Brot und Zigarettenkippen an-bettelten. Wir alle bekamen von ihm den Auftrag, Brot zu sammeln, und er bat seine Kollegen um Stummel und Zigarettenkippen. da er selber nicht rauchte.

Wenn er Nachtwache schieben musste, freuten sich die Gefangenen über die von ihm mitgebrachten Sachen, die er ihnen heimlich zusteckte. Es war sehr gefährlich, doch er hat es trotzdem getan. Und wir erkannten in ihm wieder unseren liebenswerten und guten Papusch, der er früher war.

Zu Weihnachten 1944 sahen wir Kinder ihn zum letzten Mal. Er sagte uns am Heiligen Abend, da die Lage immer schlimmer werde und die Russen schon so nahe seien, müssten die Polizisten Dauerbewachung machen und im Gefängnis schlafen. Zu Silvester durfte unsere Mama ihn besuchen und über Nacht bei ihm bleiben.

Dabei erzählte sie ihm auch, dass sie wieder schwanger sei. Bei dieser für ihn immer freudigen Mitteilung hat er geweint wie ein Kind! Da ich ja von der Kinderpflegerinnenschule Weihnachtsurlaub (zum Glück und auf Nimmerwiedersehen) bekommen hatte, war ich mit meinen drei jüngeren Brüdern allein zu Hause. Wir hörten Radio!

Um Mitternacht erklang zum letzten Mal das Deutschlandlied. Und dann hörten wir die allerletzte, großkotzige, größenwahnsinnige, aber immer noch siegessichere Neujahrsrede des ADOLF GRÖFAZ (größter Feldherr aller Zeiten), obwohl das Ende des Großdeutschen Reiches offensichtlich war und die Russen schon bei uns vor der Tür standen!!!

Als unsere Mamusch nach Hause kam, sagte sie, dass unser lieber Papusch am nächsten Tag abgezogen werde. Seine Kompanie müsste nach dem Westen marschieren.

Die nachrückende SS hat dann das Gefängnis übernommen. Das war der Anfang von einem für uns alle schrecklichen Ende. Als auch die SS-Soldaten sich zurückziehen mussten, sollen sie das Gefängnis angezündet und alle Gefangenen, die sich noch aus den Fenstern retten wollten, erschossen haben! Es muss ein furchtbares Massaker gewesen sein.

Der riesige Komplex brannte drei Tage. Als die Russen am 18. Januar einmarschierten, war nichts mehr zu retten. Die daheim gebliebenen Zivilisten, wie Frauen, Kinder und Alte, waren der sicheren Rache der polnischen Bevölkerung überlassen.

Wir hatten nie die Absicht zu fliehen, zumal mit den zwei Kleinen. Deshalb haben wir auch keinen Vertriebenen- oder Flüchtlingstreck mitgemacht, wie man es heute noch in den Dokumentarfilmen sieht. Aber wir haben ein Jahr russische Besatzung und die sich an uns rächenden Polen erlebt. Das hat uns genügt und geprägt bis ans Lebensende!!!

Nun war das Ende da, doch für uns fing das Leid erst an. Aus Rücksicht auf die polnische Bevölkerung haben die Russen, denn sie kamen ja als die Erlöser, Lodz nicht bombardiert.

Vom Rande der Stadt hörten wir nur Kanonendonner. Wir saßen zitternd im Haus und trauten uns nicht nach draußen. Dass die Polen Rache nehmen würden, wussten wir! Wir saßen alle voller Angst in der Küche und warteten auf das, was nun kommen musste. Nach zwei Tagen war unser Lodz in russischer Hand.

Und dann kam es dicke! Alle Deutschen, die noch im Umkreis des verbrannten Gefängnisses wohnten, wurden wahllos aus den Häusern geholt. Dort mussten sie unter den strengen Augen der Bewacher, die das Gewehr im

Anschlag hatten, die verkohlten Leichen einsammeln und auf einen Haufen legen.

Unsere Tante Lotte war auch dabei. Viele wurden auch erschossen. Viele kamen ins Gefängnis! Als es bei uns an der Haustür klingelte, standen zwei russische Soldaten mit Kalaschnikows im Anschlag davor. Eine Polin, deren Mann in dem Gefängnis mit verbrannt war, hat die Soldaten zu uns geführt und ihnen gesagt, dass unser Papa auch ein Bewacher im Gefängnis gewesen war.

Mit viel „dawaj, dawaj" und Kolbenschlägen wurden wir alle auf unseren Komposthaufen im Garten getrieben. Wir haben uns hingekniet und laut geschrien, dass sie uns am Leben lassen sollten. Wir könnten doch nichts dafür. Die Soldaten hatten wohl etwas Mitleid, vor allem mit den Kleinen, und zögerten. Und das war unser Glück – und der liebe Gott und tausend Schutzengel traten in Aktion!!!

Plötzlich öffnete sich die hintere Gartenpforte und unsere polnischen Vormieter standen vor uns. Sie wollten nach ihrem Haus und nach uns sehen. Sie baten die Russen, uns nicht zu erschießen. Sie erzählten ihnen, dass wir trotz allem gute Menschen seien und ihnen in den ganzen Jahren geholfen hätten.

Trotz der sprachlichen Schwierigkeiten konnten sie denen begreiflich machen, wie alles war. Als sich alle beruhigt hatten, rauchten sie zusammen eine russische Papirossa und meine kleinen niedlichen Brüder bekamen als Trost von den Soldaten einen harten Soldatenkeks zum Abschied.

Die Polen wollten jetzt nun wieder ganz schnell in ihr Haus und gaben uns vier Tage Zeit zum Packen. Als wir gerade beim Ausräumen waren, kam unsere Tante mit unserem polnischen Onkel vom anderen Ende der Stadt und zu Fuß, um nach uns zu sehen. Sie halfen uns beim Umzug in die kleine Wohnung der Polen, in der sie so viele Jahre gewohnt hatten.

Da diese Stube wirklich sehr klein war, konnten wir nur die Hälfte der Sachen mitnehmen. Den Rest behielten die Polen als Entschädigung. Meine Tante nahm mich anschließend mit zu sich. Sie wollte mich in den ersten drei Wochen vor Vergewaltigung schützen. Die russischen Soldaten waren mit hübschen deutschen Mädchen nicht gerade zimperlich.

Jetzt begannen die früheren „Hilfen" an unsere Verwandten sich auszuzahlen! In dieser Wohnung blieben meine Lieben jedoch nicht lange. Als wir sie einmal besuchten, sagte meine Mama, es seien ein paar fremde Polen da gewesen, denen unsere Stube und die wenigen Möbel gefallen haben, und wir müssten raus!

Sie besorgten uns, nur zwei Straßen weiter, eine kleine Kammer unterm Dach und wir zogen wieder um. Dort hatten wir nur ein Bett, einen kleinen Tisch, einen Kanonenofen und zwei Stühle. Für die Kleider hatten wir nur Nägel an der Wand zum Aufhängen. Es regnete so herein, dass wir überall Blechdosen und alte Schüsseln hinstellen mussten.

Die Kleinen schliefen auf einer alten Matratze auf dem Fußboden. Wenn es zu sehr tropfte, stellten wir einen alten Regenschirm über ihrem Lager auf. Das alles machte uns Kindern nicht so viel aus. Die Hauptsache war, wir blieben zusammen und hatten unsere liebe Mamusch bei uns.

Doch das änderte sich eines Tages schlagartig! Da in dem Jahr ein sehr strenger Winter war und es im März noch Eis und Schnee gab, ging unsere Mama öfter in das nahe gelegene und nun leere frühere Ghetto. Sie organisierte dort aus den abbruchreifen Häusern immer etwas Brennbares. Das taten übrigens alle, auch die Polen!

Und eines Tages kam sie von dieser Holzsuche nicht wieder!!! Wir Kinder waren so verzweifelt und verängstigt, dass wir die ganze Nacht geweint und gebetet haben. Am nächsten Tag ließ ich die Kleinen unter der Aufsicht meines älteren Bruders zurück und marschierte zu meiner Tante, um ihr von dem neuen Unglück zu erzählen. Sie packte etwas zu essen ein und kam gleich mit. Sie beruhigte uns und versprach, jeden zweiten Tag nach uns zu sehen.

Vier Wochen hörten wir nichts von unserer Mamusch und dachten schon, sie sei tot. Ich versorgte meine Geschwister, so gut ich konnte, schleppte, wie meine Mama, halb verkohlte Balken, an einem Strick gezogen, aus den Häuserruinen zum Heizen an. Zu hungern brauchten wir nicht, denn es tauchte wie ein Wunder eines Tages unsere 60-jährige Tante Olga als Rettungsengel auf.

Von ihr hatten wir seit dem Einmarsch der Russen nichts mehr gehört. Sie war eigentlich unsere Großtante und die Witwe unseres russischen Onkels Alexander. Da sie fließend Polnisch und vor allem Russisch sprach, hat sie sich bei den russischen Soldaten lieb Kind gemacht und bekam Arbeit als Köchin in einem Lazarett.

Sie hat mit den Russen die starken Machorka-Zigaretten geraucht und so manchen „Stakan"-Wodka mit ihnen gekippt. Weil sie so ein „Urviech" war, mochten die anderen

Köche sie sehr und sie konnte sich so manche Freiheit bei ihnen herausnehmen. Als sie bei uns auftauchte, sagte sie: „No, Kinda, jetze brauch iia nich mehr zu hungan. Die alte Tante Olga wet aich schon was besorgn."

Sie hat für uns in der Küche geklaut wie ein Rabe. Kartoffeln, Zwiebeln, klitschiges Brot und viel Gehacktes. Sie versteckte die Sachen am Körper an den unmöglichsten Stellen, um sie rauszuschmuggeln. Ich glaube, wenn wir damals gewusst hätten, wo diese Verstecke waren, wäre uns Kindern wohl der Appetit vergangen.

Aber wir hatten zu essen, und das war wichtig. Mit dem vollen Bauch kam auch die Hoffnung, unsere geliebte Mama wiederzusehen! Und eines Tages kam das Wunder: Meine „Polentante" kam ganz aufgeregt zu uns gelaufen und sagte, sie hätte in der Straße, wo sich das große Gefängnis befand, gesehen, wie unsere Mama unter Milizaufsicht Schnee schippte.

Wir haben alle vor Freude geweint, uns auf den Boden gekniet und Gott gedankt, dass sie noch lebte! Unser Onkel hat auch gleich Verbindung mit dem Schnellrichter des Gefängnisses aufgenommen und ihm erzählt, dass vier Kinder alleine seien und meine Mama schwanger sei. Auch Richter können Menschen sein!

Er hat eine Schnellverhandlung beschlossen und meine Verwandten und mich als älteste Tochter als Zeugen vorgeladen. Da ja weiter nichts gegen sie vorlag, als dass sie Deutsche und beim Holzorganisieren aufgegriffen worden war, ließen sie unsere Mamusch frei und wir konnten sie gleich mitnehmen!

Trotz des ganzen Elends waren wir an dem Tag die glücklichsten Kinder der Welt! Unsere Tante Olga bemühte sich nun um eine Arbeitsstelle für mich. Durch ihre guten Verbindungen zu den Russen bekam sie auch eine Arbeit in einem russischen Militärmagazin. Dort wurden deutsche Frauen und Mädchen beschäftigt. Sie schliefen dort in einem großen Saal und wurden mit Soldatenkost verpflegt.

Es ging alles ganz geordnet und streng zu. Wir Frauen wurden nie belästigt, denn ein russischer Oberst führte ein strenges Regiment und wir durften uns auch bei ihm beschweren. Er war wie ein Vater zu uns. Die Arbeit war nicht sehr anstrengend, aber eklig!

Es kamen nämlich täglich Viehwaggons von der ehemaligen Ostfront an. Die waren voll gestopft mit gebrauchten Uniformen und Schuhen von deutschen Soldaten. Das alles mussten wir ausladen und sortieren. Nicht selten fanden wir in den blutigen Uniformen noch Leichenteile und in den Stiefeln halbe Füße! Ich übergab mich jedes Mal, wenn ich so etwas fand.

Aber der Mensch ist bekanntlich ein Gewohnheitstier, und mit der Zeit ging es ganz gut. Wir waren dort aber sicher und hatten zu essen. Meine Mama durfte mich manchmal sonntags auch besuchen und hat mir mit schönen „Grüßen" von der Tante Olga etwas Leckeres mitgebracht. Aber die Besuche fielen meiner Mama immer schwerer, da sie durch die Schwangerschaft schon stark beeinträchtigt war. Sie war ja nun mit den drei Kindern alleine in der Wohnung und hatte alles zu versorgen.

Ich wusste nicht, wie es werden sollte, wenn das Baby kam. Und eines Tages war es so weit! Am 24. Juli wurde ich am Vormittag zu unserem Herrn Oberst ins Büro gerufen. Voller Schrecken lief ich hin. Da saß meine Mamusch kreidebleich auf einem Stuhl und der Herr Oberst, auch ganz blass, stand vor ihr. Das Kind sollte kommen. Die Fruchtblase war schon in der Nacht geplatzt und sie musste schnellstens in ein Krankenhaus. Aber wie?

Deutsche durften keine Straßenbahn benutzen. Also ist sie trotz der Wehen zu Fuß von einem Ende der Stadt bis zum anderen (etwa sechs Kilometer) mehr gestolpert als gegangen. Halb tot war sie bei mir in der Arbeitsstelle angekommen! Der Herr Oberst wusste Rat in der Not. Er ließ meine Mama und mich in einem russischen Militärfahrzeug zum Krankenhaus fahren. Er selber lieferte uns bei der Aufnahme ab und sagte, sie sollten uns gut behandeln.

Niemand außer den Ärzten durfte wissen, dass wir Deutsche sind. Ich habe an der Pforte wieder unseren ehemaligen „polnisch" klingenden Namen angegeben. Sie brachten meine Mama sofort in den OP. Ich wartete im Wartezimmer, bis alles vorbei war. Da saß ich nun unter lauter Polen und weinte und zitterte so, dass sie mich beruhigten und streichelten. Wenn sie gewusst hätten, dass ich Deutsche war, hätten sie mich wohl anders behandelt.

Nach etwa einer Stunde kam eine Schwester und rief mich nach draußen. „Was ist mit meiner Mamuschka?", fragte ich auf Polnisch. Sie sagte, dass es ihr so weit ganz gut gehe, aber mein Brüderchen sei tot. Es war an der Nabelschnur erstickt!

Ich war so erleichtert, dass ich an das tote Kleine gar nicht dachte. Da ich von unserem Herrn Oberst erst einmal von der Arbeit freigestellt war, durfte ich zu den anderen nach Hause. Meine Tante Olga war auch schon da. Wir berieten nun, was wir mit dem toten Kind machen sollten. Es musste ja unter die Erde.

Also packte ich am nächsten Tag eines von den schon seit langem bereitliegenden Jäckchen und Strampelhöschen ein – alles noch Sachen von meinen Brüdern. Die Tante Olga besorgte mir von den Russen einen großen Bogen braunes Packpapier und eine Handschippe, und dann zogen wir zwei los zur Klinik.

Sie ging zu meiner Mama ins Zimmer und ich ließ mich von einer Schwester in den Leichenkeller führen. Dort lagen auf einem riesigen Tisch viele nackte Tote, unter ihnen auch mein kleiner Bruder. Da sie mich in dem Raum allein gelassen hat, bin ich vor Angst und Grauen fast gestorben. Ich habe mich aber zusammengerissen und nicht links und rechts geschaut, nur starr auf meinen toten Bruder.

Ich zog ihm wie früher bei meinen anderen Brüdern das Jäckchen und die Strampelhose und ein Mützchen an, das ich selber gehäkelt hatte. Da die kleinen Glieder steif waren, ging alles sehr langsam. Aber ich hatte es geschafft! Ich wickelte den Kleinen in das Packpapier und machte ein längliches, großes Paket daraus. Dann ging ich zu meiner Mama (ohne das „Paket") nach oben. Ich küsste sie und sagte ihr, was wir mit der Tante beschlossen hätten.

Das sagte ich ganz leise, damit die Polinnen es nicht hörten. Dann zog ich mit meiner Tante los. Ich trug mein „Paket" im Arm und sie die Schippe. Fünf Kilometer waren es bis zum Friedhof. Ich selber habe unser Kleines am Fußende meiner lieben Oma begraben. Ohne eine Träne! Mit der Tante zusammen haben wir das Vaterunser gebetet. Dann gingen wir vom Friedhof gleich zu den anderen nach Hause. Alles stumm!

Erst als ich bei meinen Brüdern ankam und die Kleinen sah, bekam ich einen Weinkrampf und klappte zusammen!

Mein kleiner Bruder ist am 24. Juli 1945 geboren und gestorben. Ich habe ihn begraben und war erst 17 Jahre alt. Das alles sitzt für ewig in meiner Seele!

Unser lieber Vater Oberst hat mich aus meiner Arbeit entlassen, damit ich mich um meine Geschwister kümmern konnte. Unsere Tante Olga hat ihm in russisch unsere ganze Geschichte erzählt und er hat selber fast geweint dabei.

„Also auch Russen sind Menschen", dachte ich damals. Und was für welche! Als unsere Mamusch nach sechs Tagen wieder nach Hause kam, waren wir Kinder überglücklich. Meine Tante hat mich nun zu ihrer Arbeitsstelle in der Küche mitgenommen. Not litten wir nicht mehr: Sie hatte mir auch das Mopsen (Klauen) beigebracht. Wenn ich von der Arbeit kam, stellten mich meine Brüder beinah auf den Kopf, um nachzusehen, was ich für schöne Sachen mitgebracht hatte.

Unsere Mama wurde von einer jüdischen Geschäftsfrau auf der Straße angesprochen, ob sie bei ihr arbeiten wolle. Die Juden erkannten uns Deutsche auf den ersten Blick und wollten nur „Daitsche" zum Arbeiten haben. Da meine Mama noch die jüdischen Sitten, Gebräuche und deren Sprache kannte, war sie wie früher bei ihnen bald sehr beliebt.

Ich ging sogar manchmal hin, um mit dem kleinen halbjährigen Kind zu spielen. Wenn es uns auch im

Moment nicht so übel ging, planten wir doch die Flucht. Mein Onkel kannte einen polnischen Autotransportleiter, der gegen gutes Geld Leute nach Breslau schmuggelte. Es war strengstens verboten, die Schmuggler, Juden und Polen nach Breslau zu bringen, damit sie dort ihre Geschäfte machten.

Aber wer hielt sich schon in diesen wirren Zeiten an Vorschriften und Gesetze? Unser Onkel hat mit meiner Tante Olga alles eingefädelt. Sie wollte nämlich auch mit. Also sollten wir unter die Schmuggler geschmuggelt werden!

In den letzten Januartagen 1946 war es so weit. Unsere Verwandten konnten unsere Wertsachen, die sie für uns aufbewahrt hatten, gut verkaufen und davon den Schmuggelfahrer bezahlen. An einem eisigen Tag wurden wir von ihnen, mit nur ganz wenig Gepäck, zu dem Treffpunkt gebracht. Wir verabschiedeten uns ganz stumm von ihnen. Es durfte kein Mucks zu hören sein!

Vor allem meine kleinen Brüder mussten den Schnabel halten, denn sie konnten ja kein Wort Polnisch. Wenn sie auf der vielstündigen Fahrt in dem holprigen Laster den Mund öffneten, um etwas zu sagen, kniff ich sie vorsichtig in den Po. Da konnten die polnischen Mitreisenden, weil sie doch solche süßen Kinder (slodkie dzieci) waren, ihnen noch so viele Bonbons anbieten. Nach einem heimlichen Kniff von mir schüttelten sie nur mit dem Kopf.

Es ging auch Gott sei Dank alles glatt! In Breslau gingen wir gleich zu einem evangelischen Pastor, der das Auffanglager leitete. Dort blieben wir fünf Wochen. Am 13. April ging ein Flüchtlingstransport von der Kirche aus nach Deutschland. Erst ging es in das Durchgangslager

Marienborn und nach ein paar Tagen Aufenthalt und Entlausung weiter nach Oldenburg, unserer neuen und jetzigen Heimat.

Die Schrecken dieser Zeit waren für uns vorbei, wir werden sie aber nie vergessen. Wir wünschten uns alle, dass so etwas nie wieder passieren sollte. Aber wie wir aus dem heutigen Zeitgeschehen wissen, sind die Menschen nicht klüger geworden und tragen weiter Hass und Kriege in die Welt!

Schade! Denn ein Menschenleben ist so kurz und „könnte" sooo schön sein!!!

ENDE